ESTAÇÃO 35

Almir Zarfeg

ESTAÇÃO 35

São Paulo/2021

lura

Editor: Roger Conovalov
Capa: Marcelo Oliveira
Revisão: Carlos Mensitieri

Dados Internacionais de Catalogação na Publicação (CIP)

Z36
ZARFEG, Almir. **ESTAÇÃO 35: um romance de aventura e suspense para homenagear a ferrovia do adeus, Bahiminas** – São Paulo: Lura Editorial, 2021.
152p.

ISBN 978-65-86626-92-6

1. Romance brasileiro. II. Título.

CDD: B869.1

LURA EDITORAÇÃO ELETRÔNICA LTDA.
Rua Manoel Coelho, 500 - Sala 710 - Centro,
São Caetano do Sul – SP – CEP: 09510-111
Telefone: (11) 4318-4605

www.luraeditorial.com.br

SUMÁRIO

Nota à primeira edição ______ 09

Capítulo I ______ 11

Capítulo II ______ 21

Capítulo III ______ 31

Capítulo IV ______ 39

Capítulo V ______ 47

Capítulo VI ______ 53

Capítulo VII ______ 59

Capítulo VIII ______ 65

Capítulo IX ______ 71

Capítulo X ______ 81

Capítulo XI ______ 87

Capítulo XII ______ 95

Capítulo XIII 101
Capítulo XIV 107
Capítulo XV 117
Capítulo XVI 121
Capítulo XVII 127
Capítulo XVIII 133
Capítulo XIX 139
Capítulo XX 145
À guisa de epílogo 149

Vai embora, BAHIMINAS,[1]
Que as moças lá da fazenda
Apesar de solitárias
Te farão uma saudação
Vai embora, BAHIMINAS,
Agradar revolução!

[1] JOSÉ EMÍLIO E EROS JANUZZI

Às confreiras Arolda Figuerêdo e
Enelita Freitas – aos confrades
Carlos Mensitieri e Marcus Aurelius,
que leram, em primeira mão,
os originais desta história.

NOTA À PRIMEIRA EDIÇÃO

Decidi escrever **Estação 35** motivado por dois acontecimentos relevantes: o primeiro diz respeito ao documentário "De uma ponta à outra", produzido e apresentado pelo amigo e confrade Athylla Borborema, em homenagem aos 55 anos da desativação da boa e velha Estrada de Ferro Bahia/Minas; o segundo remete à própria EFBM – que sempre exerceu um fascínio enorme sobre mim, mas cuja história eu desconhecia por completo. Quando alguém se referia à estrada de ferro perto de mim, eu ficava encantado e sedento de saber mais e mais sobre a Maria Fumaça, o Trem do Adeus, os ex-ferroviários e seus descendentes, enfim, sobre um tema que havia deixado marcas definitivas na região e sua gente. Nem preciso dizer que eu, também, me sentia e ainda me sinto órfão da tal Maria Fumaça.

Se, por um lado, não tive o privilégio de viajar na locomotiva (nasci exatamente no ano da extinção da linha férrea); por outro lado, tenho a honra de pertencer à Academia de Letras de Teófilo Otoni (ALTO), desde 2013, e ao Instituto Histórico e Geográfico do Mucuri (IHGM), desde 2019 – como

Membro Correspondente.

Esta narrativa, portanto, constitui a minha singela homenagem à EFBM, que, em 2021, "celebra" dois aniversários a um só tempo: o 55º da desativação dela pelo governo militar e o 140º da fundação dela pelos governos provinciais baiano e mineiro, no Segundo Império, no século XIX.

Aproveitei ainda a oportunidade para lembrar e celebrar o grande personagem inspirador da saga da Bahiminas: Teófilo Benedito Otoni!

CAPÍTULO I

Caravelas/BA, 29 de fevereiro de 2021, domingo de plena pandemia do novo coronavírus, responsável único e direto pela doença batizada de Covid-19.

Não bastasse a invasão do coronavírus, a cidade foi impactada de repente pela notícia de que um chinês havia chegado à princesinha do Extremo Sul da Bahia para – adivinhem – inaugurar a 35ª Estação da Estrada de Ferro Bahia/Minas (EFBM). Ou simplesmente Bahiminas, como muitos saudosistas ainda se referem à antiga estrada de ferro que ligou por 578 km de trilhos, durante 85 anos ininterruptos, o Extremo Sul da Bahia ao Nordeste de Minas Gerais. Com partida de Caravelas às 6h e chegada a Araçuaí às 18h, no médio Vale Jequitinhonha, se não houvesse algum contratempo.

Pelas ruas, praças e avenidas centenárias não se falava em outra coisa senão no tal chinês que chegara da China (de onde mais poderia ser?) para inaugurar a nova estação. Dentro das residências, também, a aparição do oriental era o assunto do dia. Nas repartições públicas, como secretarias municipais, sedes dos Poderes Executivo e Legislativo, escolas das redes estadual e municipal. Enfim, estabelecimentos comerciais, como supermercados, restaurantes e barzinhos. Não se falava em outra coisa. Assuntos ainda quentes, como a recente posse do prefeito Sylvio Ramos – reeleito para seu segundo mandato – e as baixas ocasionadas pela Covid – foram deixados de lado por causa do chinês... do qual ninguém sabia o nome ou em que hotel ou pousada estava hospedado.

A propósito, por que meio de transporte desembarcara na cidade? Por terra, água ou ar? Ninguém tinha as respostas, mas todo mundo trazia a curiosidade na ponta da língua e na urgência diária. Já havia quem duvidasse de que ele tivesse chegado de algum lugar, mas apenas aparecido do nada, assim como num passe de mágica, trazido sabe-se lá por quem. Claro que, àquela altura do tititi, muitos já botavam em dúvida a notícia ou mesmo a existência do tal chinês. Pois ela não havia sido lida em nenhum jornal impresso, no Caravelas News ou mesmo nas redes sociais. E o tal chinês, a bem da verdade, não fora visto por ninguém. Portanto, toda aquela história poderia não passar disto: boato.

Isso mesmo, uma fake news – assim os boatos foram rebatizados nos novos tempos – espalhada por alguém com a intenção de gerar comentários entre os moradores ou mesmo, com segundas intenções, para distrair a atenção do povo, por exemplo, da gravidade representada pela pandemia. Ou simplesmente para, por que não?, divertir os populares cansados da dura realidade, não tendo inclusive curtido o Carnaval deste ano, para manter o distanciamento social e, assim, evitar o contágio do vírus terrível.

Sendo boato, fake news ou invencionice sem maiores consequências, o prefeito Sylvio Ramos achou por bem reunir os assessores mais próximos em sua casa e solicitar, com urgência, que saíssem à procura de mais informações sobre os últimos acontecimentos. Que tirassem a prova dos noves daqueles comentários espalhados pelos quatro cantos da cidade; que verificassem se a chegada do chinês procedia; e que história de inauguração era aquela, uma vez que a boa e velha Maria Fumaça estava aposentada desde maio de 1966...

– Aliás, dela não restou nem uma nesga de fumaça para contar a história – comentou o chefe do Executivo municipal, sem conseguir esconder os dentes perfeitos que, juntamente com a feição agradável, compunham o cartão de visita de Sua Excelência.

– Quero saber de tudo. Vão e me mantenham bem-informado, não quero ser pego de surpresa. Seguro morreu de velho, não é mesmo? – Ele dispensou os auxiliares, sem conseguir esconder uma ponta de preocupação.

✓

Conforme combinado, prefeito e assessores voltaram a se encontrar por volta das 18h, dessa vez no Gabinete dele na prefeitura. A conversa não foi das melhores, porque, se de um lado, os assessores não conseguiram comprovar a veracidade dos boatos; do outro lado, não podiam descartar nadica de nada, por enquanto...

O chefe de Gabinete, Edney Santos, assumindo a função de porta-voz dos demais auxiliares, botou os pingos nos is.

– Prefeito, infelizmente, não podemos descartar nada. Todos comentam, à boca pequena e até à boca grande, mas ninguém admite ter visto o chino...

– Como assim, meu rapaz? Eu mando um bando de marmanjos investigar uma coisa mínima e, ao fim de quase um dia de peleja, vocês me vêm aqui e dizem olhando para minha cara que não conseguiram descobrir nada? Me poupem!

– Calma, chefe. Ninguém, com exceção de um pobre-diabo que jurou ter visto o chinês pegando a direção de Ponta de Areia. De táxi, é claro.

– Ok, muito bom. Então vocês descobriram alguma coisa. Você acha que o rapaz estava falando a verdade? – quis saber Sylvio.

– Jurou que sim, que tinha visto o chinês partindo para Ponta de Areia. De posse de uma mala e, também, usando uma máscara com o Yin e Yang...

– Com o quê, meu rapaz? – quis saber o prefeito.

– Aquele conhecido símbolo chinês, o Yin e Yang, que representam a escuridão e a luz, o feminino e o masculino, o princípio passivo e o princípio ativo, respectivamente... – explicou o chefe de Gabinete, com ar professoral.

– Chega, que estou careca de saber o que é o tal símbolo chinês – interrompeu o prefeito, passando a mão direita levemente na careca notável. – O lado negro representa o mal, o lado branco representa o bem. Logo, é preciso manter o equilíbrio entre os dois lados...

O prefeito parou um pouco para refletir e, em seguida, acrescentou quase solenemente:

– De duas, uma: se o pobre-diabo for meu eleitor, pode ter dito a verdade. Se for eleitor do candidato derrotado, pode perfeitamente ter mentido para vocês. Então, o que vocês acham?

Dessa vez, todos opinaram e as opiniões convergiram para um ponto: o rapaz tinha cara de eleitor da situação e, portanto, havia dito a verdade. Realmente, após as eleições, fica muito fácil descobrir se alguém votou a favor de sicrano ou contra beltrano. A maioria dirá que, sim, deu o voto sagrado em sicrano, ou seja, no candidato vitorioso. Diante dos assessores do candidato vitorioso, então, será capaz de jurar por todos os santos e orixás, pelo pai e pela mãe... Conclusão: o cidadão poderia ter dito a verdade. Ou não. Como saber?

– Infelizmente, meus caros, não tem como saber se ele foi sincero com vocês ou não. Mas eu, como sempre, já pensei em tudo. Por via das dúvidas, vamos criar uma força-tarefa para esclarecer essa situação. De uma vez por todas – propôs o prefeito.

– Uma força-tarefa, prefeito, para investigar a existência ou não de um chinês? – quis saber o porta-voz dos assessores.

– Sim, senhor – brincou o prefeito. – Um chinês, mas não qualquer chinês, que teria caído aqui para inaugurar uma estação ferroviária. Isso não lhe diz nada? A mim me diz muito. Portanto, vamos tratar disso com a seriedade que exige e vamos deixar tudo em pratos limpos, explicadinho, antes que um espertinho da oposição o faça. Entenderam?

– Sim, senhor prefeito – concordaram todos unissonamente.

A seguir, Sylvio Ramos passou a fornecer os detalhes da força-tarefa que, na cabeça da autoridade, tinha nome escolhido e respectivos membros. O nome não poderia ser mais inspirador – Operação Abrolhos – que o prefeito detalhou nestes termos:

– Abram bem os olhos, ou melhor, Abrolhos. Esse é o nome da nossa operação que, modéstia à parte, ficou muito bom. Não é mesmo? Escolhi esse nome para, primeiro, homenagear o nosso belíssimo arquipélago e, em segundo lugar, para lembrar aos componentes que precisam ficar o tempo todo de olhos bem abertos.

E o prefeito passou a anunciar os componentes da "Operação Abrolhos": um total de oito pessoas, contando com o motorista do micro-ônibus.

– A operação contará com um jornalista, um historiador, um astrólogo, um intérprete de mandarim, um filho de ex-ferroviário, um guarda municipal e, também, o condutor do micro-ônibus.

– Mas não são oito componentes? Está faltando um – estranhou o chefe de Gabinete.

– Não falta ninguém, porque você vai liderar a operação na condição de meu assessor especial e, como tal, será meus olhos e ouvidos o tempo todo que durarem as diligências, certo? Você e seus comandados terão o dia 1º de março para tirar essa história a limpo. Um dia é suficiente, nem um minuto a mais nem a menos, estamos entendidos?

– Sim, prefeito, estamos entendidos. Digo, entendi – respondeu o chefe de Gabinete, já antevendo as aventuras que o aguardavam no dia seguinte.

– Aqui estão os contatos dos demais membros da operação. Localize todos, faça a convocação em meu nome e combine de apanhar, um por um, amanhã bem cedinho. E pelo amor de Santo Antônio, não me apareça aqui sem o tal chinês ou pelo menos com uma resposta definitiva sobre essa história mal-contada – disse o prefeito, pondo um fim na reunião.

– Uma coisa muito importante que eu já ia esquecendo: por favor, não vá confundir chinês com japonês ou com coreano. São parecidos, mas não são iguais. Eles têm os olhos puxados, mas rostos bem diferentes: chinês tem rosto redondo. Japonês possui rosto longo. Já coreano apresenta maxilar proeminente. Agora podem ir.

O prefeito só não passou a dica de como fazer para não confundir chinês com japonês com os dois orientais usando máscaras. Talvez porque Sua Excelência, durante a reunião, não fizesse uso da máscara, apenas do álcool em gel.

CAPÍTULO II

Segunda-feira, 1º de março, um micro-ônibus do Programa Caminho da Escola, doado pelo governo federal ao município de Caravelas, estacionou em frente à padaria mais frequentada do distrito de Ponta de Areia.

O veículo era conduzido pelo motorista Quinze Jardim e trazia em seu interior um jornalista, um historiador, um astrólogo, um intérprete de mandarim, um filho de ex-ferroviário, um guarda municipal e, também, o chefe de Gabinete da prefeitura caravelense. Como o leitor já sabe, eles faziam parte da "Operação Abrolhos", criada especialmente para investigar e localizar o chinês que, segundo comentários, havia chegado à cidade no dia anterior para inaugurar a Estação 35 da EFBM.

Convém informar aos leitores que todos os membros da operação faziam uso de máscaras e, também, de álcool em gel. O guarda municipal e o motorista estavam vestidos a caráter, uniformizados, enquanto o assessor do prefeito trazia um broche com o brasão do município na lapela esquerda do paletó. Os demais usavam vestimentas informais.

Acompanhado do guarda, que estava munido de um cassetete, o assessor se dirigiu ao comerciante João Luiz Benetti, dando início ao interrogatório. Edney Santos se identificou como chefe de Gabinete e, em seguida, fez algumas perguntas sobre o chinês. O jornalista se aproximou deles como quem não queria nada e, discretamente, tirou algumas fotos da fachada da padaria e do assessor abordando o proprietário do estabelecimento. Depois se juntou aos que ficaram perto do micro-ônibus.

– Bom dia. O cidadão por acaso viu um chinês por aqui? Ele teria vindo para cá ontem, à tardinha, segundo informações obtidas por nós.

– Bom dia – respondeu o comerciante. – Sim, perfeitamente. Ele esteve aqui no meu estabelecimento ao raiar do dia, bem cedinho, mas não disse uma palavra. Apenas sinalizou que queria uma xícara de café, com jeito educado, de maneira que foi servido por mim mesmo. Tirou a máscara, engoliu o café aos goles, colocou a máscara de novo. Pagou com uma moeda de R$1, agradeceu sem dizer nada e partiu no trem das seis horas.

– Então o chinês realmente existe. O senhor confirma que ele existe de fato, não é mesmo?

– Sim, mas poderia ser um japonês, porque tanto um quanto o outro são muito parecidos. Para mim é tudo igual.

– Tomou o café, pegou o trem e se foi... Como assim? Que trem?

– O trem da história, moço. A Maria Fumaça que, a essa hora, já deve estar chegando à Estação de Caravelas, de onde vocês vieram.

– Entendi, meu senhor, muito obrigado – agradeceu o assessor, entre decepcionado e incrédulo.

Deu meia-volta, sempre seguido pelo guarda, e retornou ao veículo. Os demais membros os seguiram e entraram também no veículo.

– Pessoal, chegamos muito tarde. Perdemos a viagem. Quatro quilômetros jogados no lixo. O chinês pegou o trem em direção à Estação de Caravelas, o que significa que teremos que retornar imediatamente ao ponto de onde viemos. Acelera, motorista.

– Então, o oriental existe de fato? – quis saber o jornalista.

– Tomou café na padaria, pagou com uma moeda de R$1 e tomou o trem. Pelo menos foi o que me disse o dono da padaria – respondeu o assessor.

Nesse momento, o jornalista começou a digitar algo no teclado do notebook que, posicionado sobre o colo, seria bastante utilizado nas próximas horas. Preparava o primeiro post para estrear a coluna "Na linha do trem", que imaginara na noite anterior e que seria publicada como blog e compartilhada nas redes sociais, como Facebook e Instagram.

Assim que todos se acomodaram e o motorista deu a partida, o filho de ferroviário comentou cheio de emoção:

– Exatamente aqui, em Ponta de Areia, no dia 16 de maio de 1881, foi fixado o primeiro trilho da ferrovia que por mais de 80 anos promoveria o desenvolvimento de toda esta região, movimentando a economia e estreitando os laços entre baianos e mineiros. Quanta saudade, quanta emoção, meu pai!

– Exatamente, caro companheiro, são muitas

emoções – acudiu o historiador, tomando parte na conversa. – Mas, antes de dar início à fixação dos primeiros trilhos, foi preciso sancionar uma lei imperial que autorizasse a construção da Estrada de Ferro Bahia/Minas, o que aconteceu em 26 de agosto de 1880. Essa lei garantiu o pontapé inicial, ou seja, a construção de 04 km de trilhos ligando as estações de Ponta de Areia e Caravelas – projeto idealizado e assinado pelo engenheiro baiano Miguel Teive de Argolo. Como as obras atrasaram, foram concluídos apenas 500 m de trilhos para receber a locomotiva e, simbolicamente, inaugurar a 1ª etapa da grande obra. Somente em 9 de outubro de 1882, a ferrovia conseguiu atingir o primeiro município do lado mineiro, Serra dos Aimorés, totalizando 158km de trilhos. A inauguração aconteceria um mês depois, ou seja, em 9 de novembro de 1882. Isso significa que, além das estações de Ponta de Areia e Caravelas, haviam sido concluídas as estações de Aparaju (KM 17), Taquari (KM 36), Juerana (KM 52), Nova Esperança (KM 62), Helvécia (KM 74), Eng. Cândido Mariano (KM 87), Posto da Mata (KM 103), Argolo (KM 123) e Ibiranhém/Aimorezinho (KM 143), na divisa dos estados da Bahia e Minas Gerais.

O filho de ferroviário ficou bem impressionado com a quantidade de informações que o historiador detinha sobre a EFBM, o que, convenhamos, nem poderia ser motivo de surpresa, pois um historiador precisa ter, além de boa memória, habilidade analítica e capacidade interpretativa dos fatos.

– Parabéns, amigo. Estou bastante impressionado com sua memória – elogiou o rapaz.

– De nada, mas só fiz meu dever de casa. A má notícia é que, por causa de uma crise financeira, as obras foram interrompidas em 1885. A ferrovia somente iria chegar a Teófilo Otoni, cidade mais importante do chamado Vale do Mucuri, em 1898, passados 13 anos. No dia 3 de maio... Essa data lembra alguma coisa a vocês?

– Essa até eu sei: Dia Mundial da Liberdade de Imprensa – disse o jornalista, comemorando muito, para a descontração dos demais passageiros.

Já estavam de novo em Caravelas, distrito sede, onde o motorista foi orientado pelo chefe de Gabinete a ir direto para o terminal rodoviário, onde funcionou no passado a Estação 02, para obter informações sobre o paradeiro do chinês.

Pararam o veículo diante da estação que, 55 anos depois, continua bem preservada. Uma maravilha cultural e urbana mantida com zelo pela atual administração. Desceram e, em dois tempos, o guarda já estava trocando figurinhas com outro guarda que se encontrava a serviço na rodoviária.

– Qual a nova, xará? – quis saber o guarda número 1.

– Estamos à procura do chinês. Você viu algum por aí? – interrogou o guarda número 2.

– Nem chinês nem japonês – brincou 1, dando tapinhas nas costas do companheiro.

– Tem certeza, Felipe? – insistiu 2.

– Se tivesse visto um chinês, xará, jamais iria me esquecer dele. O trem parou alguns minutos e seguiu para Aparaju. O chinês que vocês procuram deve ter seguido viagem... Por isso, ninguém viu.

– Lamentável, lamentável – repetiu o chefe de Gabinete, prevendo que a operação estava fadada ao fracasso, porque, assim que chegassem a determinada estação, o trem já teria partido, pois estavam em desvantagem de pelo menos meia hora. Como o trem permanecia apenas alguns minutos em cada estação... Teórica e praticamente o veículo automotor (um ônibus) imprime maior velocidade que um veículo movido a vapor (uma locomotiva), mas a desvantagem de meia hora fazia toda a diferença. A menos que trocassem o micro-ônibus por um bimotor...

Enquanto o chefe de Gabinete lamentava a meia hora de frente da Maria Fumaça sobre o micro-ônibus que transportava os membros da Operação Abrolhos, e os guardas se despediam sob a emoção do reencontro, o historiador aproveitou a deixa para traçar o perfil histórico de Caravelas.

Segundo ele, o município ocupa a 3ª posição em extensão territorial entre os 21 municípios do Extremo Sul da Bahia, perdendo apenas para Itamaraju e Porto Seguro. O município caravelense possui cerca de 25 mil habitantes, mas no auge da Ferrovia Minas/Bahia chegou a ostentar um contingente de 35 mil moradores, distribuídos entre distrito sede, demais distritos, vilas e povoados.

– Caravelas, meus caros, figura entre as quatro povoações mais antigas do país, ao lado de Porto Seguro, São Vicente (na Baixada Santista), no Estado de São Paulo, e Cabo Frio (na Região dos Lagos), no Estado do Rio de Janeiro.

Ele acrescentou que a fundação de Caravelas se

deu em 1503, foi confirmada oficialmente apenas em 1581, tornando-se vila no ano de 1700. Mas só conseguiria a emancipação política em 23 de abril de 1855, passando à categoria de cidade. No entanto, Mucuri foi o primeiro município a conseguir a emancipação política na região, em 10 de outubro de 1769, seguido de Santa Cruz Cabrália, Caravelas, Belmonte, Porto Seguro, Alcobaça e Prado.

CAPÍTULO III

Mesmo sabendo que era humanamente impossível alcançar a Maria Fumaça, já que ela dispunha de uma vantagem de cerca de meia hora, Edney Santos mandou o motorista botar o ônibus na "Estrada do Boi", ou melhor, na BR-418, também conhecida como Rodovia Minas/Bahia. A rodovia federal, que começa em Teófilo Otoni e termina em Caravelas, tem 219 km de extensão dando acesso ao litoral extremo-sul baiano. Ela é muito utilizada pelos turistas do Sudeste, sobretudo mineiros, que nas altas temporadas vêm curtir as praias da região. A rodovia teve suas obras iniciadas em 1966, mesmo ano da desativação da estrada de ferro, e foram concluídas somente na década de 80. Ações de pavimentação seguem até os dias atuais.

Como a Operação Abrolhos estava comprometida com a localização do chinês, não havia escapatória, teria que ir no encalço dele, mesmo que a missão se mostrasse inglória... Mas vai que o trem sofra algum contratempo... um descarrilamento, pelo amor de Deus, não precisa tanto, cala-te, boca...

Com esses pensamentos nada inocentes, o chefe

de Gabinete explicou a todos as próximas etapas da operação: seguir atrás do trem para que, com alguma sorte, pudesse alcançá-lo e, assim, localizar o oriental. Para conseguir tal façanha, precisava averiguar estação por estação, como já havia feito com as estações de Ponta de Areia e Caravelas. A próxima era a estação de Aparaju, no KM 17, à qual poderia chegar em pouco mais de dez minutos de automóvel. Como a comitiva fazia uso dum micro-ônibus, cuja velocidade precisava ser mantida em torno de 80 km/h, levaria de 20 a 25 minutos para estar lá.

Chefe de Gabinete: "Ânimo, pessoal. Vamos à caçada. Encarem essa tarefa como um passeio ou uma aventura por alguns municípios do extremo sul e, depois, por outros tantos municípios situados no Vale do Mucuri, no lado mineiro".

Jornalista: "Por mim, tudo bem. Vamos nos divertir e, quem sabe, ainda conseguir uma boa notícia neste 1º de março de 2021".

Astrólogo: "2021 que, segundo o Horóscopo Chinês, está sendo regido pelo boi, mas não um boi qualquer, e sim o Boi de Metal".

Filho de ferroviário: "Então, vida longa ao boi e à vaca".

Guarda: "Mas, afinal, por que se chama Estrada do Boi?"

Motorista (bem-humorado): "Porque passava boi e boiada".

Historiador: "Você não deixa de ter um pouco de razão. Aliás, um bom condutor precisa sempre zelar pela razoabilidade. Mas, falando seriamente, a Estrada do Boi tem esse nome, primeiro, porque corta uma região marcada pela atividade pecuária e, segundo, porque permaneceu durante décadas como uma mera estrada de chão. Os municípios de Nanuque e Carlos Chagas se destacam com seus grandes rebanhos bovinos – não somente nessa região, mas também em todo o Estado de Minas Gerais. Idealizada para substituir o leito de trilhos da velha Maria Fumaça, a rodovia teve que esperar anos a fio pelas obras de implantação e pavimentação, apesar da importância da via que serve como ligação entre o norte e nordeste mineiro com extremo sul da Bahia. Em outras palavras, a Rodovia Minas/Bahia foi pensada para suprir a falta da estrada de ferro, mas até sair do papel e virar uma rodovia de verdade foram anos de espera, abandono e atraso. Hoje, ela cumpre seu papel integrando Minas e Bahia em todos os sentidos, sobretudo cultural e econômico".

Conversa ia, conversa vinha, já haviam inclusive passado pelas estações localizadas no chamado Vale do Peruípe, e nada do chinês. Aliás, nem sombra da Maria Fumaça – batizada de Pochixá –, que continuava à frente deles e, portanto, dificilmente seria alcançada, a menos que acontecesse uma excepcionalidade...

Agora eles já se aproximavam do KM 143, na confluência dos distritos de Ibiranhém, do lado baiano, e Aimorezinho, do lado mineiro, pertencentes aos municípios de Mucuri e Serra dos Aimorés, respectivamente.

O motorista estacionou o micro-ônibus e os demais desceram para pedir informações e, também, para apreciar a localidade, uma vez que estavam exatamente na divisa com os estados da Bahia e Minas Gerais. Inclusive a estação havia sido construída no marco exato do encontro de Minas/Bahia e vice-versa. Todos desceram, com exceção de Quinze Jardim, que permaneceu a postos, cantarolando uma bela canção...

– Atenção, pessoal, deste meu lado direito está Ibiranhém, distrito de Mucuri, Bahia; deste meu lado esquerdo está Aimorezinho, distrito de Serra dos Aimorés, Minas Gerais. Não é mesmo, ilustre chefe de Gabinete? – perguntou o jornalista, orientando-se pelos pontos cardeais e apontando com as mãos o sul e o norte.

– Parabéns, está corretíssimo. Você acertou na mosca – respondeu o assessor, informando que Ibiranhém era o distrito mais antigo de todo o extremo sul da Bahia, com mais de dois séculos e meio de história.

– Inclusive o cartório mais antigo da região está localizado aqui – informou o historiador.

– Mas a pergunta que não quer se calar é: o que significa a palavra "ibiranhém"? – provocou o filho de ferroviário.

– Itanhém significa panela de pedra – comentou o chefe de Gabinete.

– Quem souber ganha um doce de banana – provocou o filho de ferroviário.

– Se "ita" significa pedra, "ibira" tem que ser árvore, pau... – arriscou o jornalista.

– Pau quadrado ou redondo? – disparou o filho de ferroviário.

– Redondinho, meu caro – disse o jornalista,

esperançoso.

– Agora para fechar com chave de ouro: estaca ou dormente?

– Estaca, é claro!

✓

Quinze Jardim permaneceu a postos, como procedera nas estações anteriores. Preferia continuar no comando da direção, sempre pronto para seguir, dar seguimento à viagem, pegar a estrada ou a rodovia. Por que agiu assim? Talvez porque, experiente que era, já sabia que teria que conduzir o micro-ônibus até o fim daquela aventura. E conduzi-lo de volta no outro dia. Além do mais, era funcionário público municipal. Em resumo: tinha que conduzir de um jeito ou de outro.

Outra coisa que ela gostava de fazer – inclusive neste exato momento – era cantarolar trechos da canção "Estrada de Ferro Bahiminas", especialmente quando estava conduzindo o veículo pela estrada ou rodovia. Assim se sentia bem, livre e leve para seguir, mas com muita atenção para não se distrair. Ele estava certo de que, cantando, distrairia menos do que se estivesse ouvindo no rádio FM do carro ou mesmo no toca-CD automotivo.

Enquanto o assessor e os demais tagarelavam lá fora, o motorista repetia o refrão: "Café com pão / café com pão / manteiga não!"

CAPÍTULO IV

Paralelamente à busca do chinês, o jornalista deu início à publicação do blog que havia imaginado na véspera. Intitulado de "Na linha do trem" e hospedado no WordPress.com, no qual ele pretendia publicar textos sobre as ações da "Operação Abrolhos", enquanto elas aconteciam em tempo real. Dessa maneira desejava manter as pessoas em geral e os moradores de Caravelas e cidades circunvizinhas, em especial, informados sobre a rotina da força-tarefa.

Todos os posts seriam publicados sob o subtítulo "Você viu o chinês por aí?" – uma referência direta à canção "Cabeção", dos Golden Boys, que fez bastante sucesso no fim da década de 60 e início da década de 70, no auge da Jovem Guarda. O refrão dizia: "Você viu o cabeção por aí? Eu não!"

Uma vez publicado no blog, o post seria replicado nas redes sociais. O primeiro já podia ser lido por todos.

VOCÊ VIU O CHINÊS POR AÍ? – I

Bom dia, meus amigos. Tudo bem com vocês? A partir deste momento estarei cobrindo em tempo real as ações da "Operação Abrolhos", da qual faço parte e que foi criada especialmente para tentar localizar o chinês, não um chinês qualquer, mas aquele que teria chegado a Caravelas ontem (domingo) e desaparecido em seguida. Atenção: ele teria aparecido com a missão de inaugurar a 35ª Estação da Estrada de Ferro Bahia/Minas (EFBM). Portanto, fiquem atentos para responder à pergunta que não quer se calar: VOCÊ VIU O CHINÊS POR AÍ? Tendo visto, respondam "SIM" e digitem nos comentários abaixo os detalhes: quando e onde foi visto. Caso contrário, respondam "NÃO" e fiquem à vontade para comentar também. Só não vale chamar o chinês de "Cabeção" porque a coisa é séria, ok? A partir de agora, meus amigos, vocês também poderão nos ajudar a localizar o chinês. Curtam, comentem e compartilhem. Volto em instantes.

✓

Exatos 15 km separam as estações Ibiranhém/Aimorezinho e Arthur Castilho (KM 158), essa sendo a 1ª estação construída no lado mineiro, mais precisamente no município de Serra dos Aimorés, porta de entrada pelo nordeste de Minas Gerais.

A estação foi batizada com esse nome em homenagem ao engenheiro homônimo que ocupou a função de diretor do Departamento Nacional de Estradas de Ferro. Durante muitos anos, essa localidade era conhecida apenas como "KM 158" e, depois, como "Estação Artur Castilho". Com o passar dos anos, ela se tornou distrito do município de Nanuque, também localizado no Vale do Mucuri, conseguindo a emancipação apenas em 30 de dezembro de 1962. Desde então, o topônimo ganhou o nome definitivo de "Serra dos Aimorés", por causa da formação rochosa e da presença dos índios Aimorés. Atualmente sua população beira os 10 mil habitantes.

O micro-ônibus chegou à Estação Artur Castilho e, como os passageiros já suspeitam, foram informados de que o trem já havia partido em direção à Estação de Nanuque a 14 km. Dessa vez, nem perguntaram sobre o chinês. Apenas agradeceram e tocaram para a próxima estação.

Assim que retornaram à BR-418, rumaram em direção a Nanuque, cidade importante do Vale do Mucuri. Após um silêncio, o historiador achou por bem passar algumas informações aos demais companheiros de aventura:

– Amigos de aventura, não sei se vocês sabem, mas o primeiro trecho efetivamente construído da ferrovia é este que acabamos de percorrer. Ou seja, de Ponta de Areia até Artur Castilho, em Serra dos Aimorés. Um percurso de 158 quilômetros inaugurados em 9 de novembro de 1882. Essa é considerada a primeira etapa da Estrada de Ferro Bahia/Minas. Durante anos ela ficou limitada a esse itinerário. Apenas, quinze anos depois, em 3 de maio de 1898, chegaria a Teófilo Otoni, que sabidamente é a cidade mais importante do Vale do Mucuri e fundada por ninguém menos que o político e empresário que dá nome à localidade.

– O saudoso Teófilo Otoni – disse o filho de ferroviário. – Natural de Serro, esse grande político mineiro fez e aconteceu no final do 2º Império e no início da Velha República. Hoje é tido como um grande político brasileiro. Sem ele, não teria sido construída a Bahiminas. Não é mesmo?

– Com certeza – concordou o historiador. – Tudo isso é fato registrado e comprovado a respeito do grande Teófilo Otoni, que, além de homem público, foi empreendedor, desbravador e visionário. Na época em que se percorriam 1.100 km para chegar à capital do Brasil, Rio de Janeiro, passando pela Estrada Real Minas Novas (seguindo por Ouro Preto), ele teve a ideia de ligar o nordeste mineiro com o Oceano Atlântico. De que maneira? Construindo a Estrada Santa Clara, que ligou a então Filadélfia (Teófilo Otoni) a Presidente Bueno (Nanuque), mais precisamente à Cachoeira de Santa Clara, daí o nome da estrada de rodagem. A partir desse ponto, a viagem prosseguia pelo Rio Mucuri, via fluvial, até a foz desse rio no Oceano Atlântico. Ou seja, com esta estratégia, ficou muito mais fácil e prático ligar Minas ao Rio de Janeiro, via estrada de chão, navegação fluvial e marítima. Voltaremos a este assunto em outra oportunidade...

– Daí vem a fundação da Companhia de Comércio e Navegação do Mucuri, por Teófilo Otoni, certo?

– Exatamente. Bela observação, viu? Meus parabéns.

Eis que, alguns minutos depois, estavam em Nanuque (topônimo em homenagem aos índios Nak-

Nanuks) no ponto exato onde ficava a Estação Presidente Bueno (KM 172), batizada com esse nome em homenagem ao ex-governador de Minas Gerais Júlio Bueno Brandão. No local hoje existe uma praça arborizada e bem conservada, como os companheiros de aventura puderam comprovar.

Ficaram alguns minutos por ali jogando conversa fora. Como sempre, trocaram informações sobre essa importante cidade do Vale do Mucuri, cortada pelo Rio Mucuri e com a Pedra do Bueno à vista de todos, dois belíssimos cartões postais naturais. Essa localidade pertence ao chamado Circuito das Pedras Preciosas e, por essa e outras razões, possui a segunda maior população do nordeste mineiro, ficando atrás apenas de Teófilo Otoni, com cerca de 50 mil habitantes. Cidade das três fronteiras, de onde é possível acessar tanto o litoral extremo norte capixaba pela MG-719 quanto o litoral extremo sul da Bahia pela BR-418.

A próxima etapa da viagem era o distrito de Mairinque, no KM 192, ainda no município de Nanuque, a exatos 20 km.

CAPÍTULO V

VOCÊ VIU O CHINÊS POR AÍ? -II

Bom dia, meus amigos. Conforme disse a vocês, estamos à procura do chinês. Alguém viu o chinês por aí? Ele usa máscara e carrega uma mala de viagem. Portanto, não será nada difícil de ser notado e, a partir dessas informações, localizado. Contamos com o apoio de vocês, ok? Fiquem atentos. Tirem fotos dele. Tirem selfies. Em seguida, publiquem nos comentários abaixo.

Nós, da Operação Abrolhos, acabamos de deixar a Estação Nanuque, no KM 172, e estamos a caminho da Estação Mairinque, no KM 192, ainda no município de Nanuque. Estamos passando em revista (bela expressão) todas as estações, uma a uma, para tentar encontrar o chinês. No fundo é uma bela aventura, neste 1º de março, provocada pelo chinês que, não se sabe por que motivo, soltou que ia inaugurar a 35ª Estação. Que coisa, hein?

Fiquem à vontade para comentar, meus caríssimos. Se possível, para nos ajudar a localizar o oriental. Até daqui a pouco.

COMENTÁRIOS (Você viu o chinês por aí?):

Amigo 1: Que história de chinês é essa, brother? Isso tudo é muito suspeito mas, por via das dúvidas, ficarei atento. Se encontrar um chinês, você será o primeiro a ser informado. kkk

Resposta: Pois é, também estou bastante desconfiado. Será? Sei não... rs

Amiga 1: Fala sério, amigo. Sei não, viu? Mas pode ser um japonês e aí como fica? Para ser sincera, não entendo muito bem desse assunto. Ou seja, chinês/japonês. Se cuide e boa aventura.

Resposta: Quase sempre falo sério, amiga. Muito fácil separar chinês de japonês – no golpe de vista. A aventura promete.

Amigo 2: Gostei do nome da operação: Operação Abrolhos! Sacada de gênio. Viu? rs

Resposta: Para abrir os olhos mesmo. Para ficar atento. E esperto, é claro. Genial? Se você diz...

Amiga 2: Isso está me cheirando a armação. Qualé. Aqui para nós, isso não é coisa do prefeito Sylvio Ramos não? Pode dizer. Conta aí, rapá.

Resposta: Armação das grandes, ora, ora. O prefeito Sylvio Ramos... será? Contarei tudo, tudinho, só ficar ligadinha. Até mais, amiguinha.

Amigo 3: Como assim? Pura conspiração, viu? Afinal, a velha estrada de ferro foi desativada há anos e, de repente, chega alguém falando em inaugurar uma nova estação... Como assim, mano? Explica isso aí direito. Todas as estações estão desativadas, enferrujadas e algumas até já sumiram sem deixar rastro, trilho ou dormente. Então, conta outra. Sou bobo não, ok? Fui.

Resposta: Já vi que você conhece a estrada de ferro como a palma da sua mão. Opa. Então conta mais, que todos estamos interessados nesse assunto, que apesar de ultrapassado ainda mobiliza e sensibiliza muitas pessoas. A ferrovia do adeus deixou saudades. Você concorda, amigo 3 desconfiadíssimo? káká

Amiga 3: Que bafão, hein? Chinês chega da China, é claro, para inaugurar estação ferroviária. Sacada de mestre. Gostei. Compartilhei. Se vir, fotografo. Tamos juntos.

Resposta: Amiga, tudo bem com você? Estamos juntos e misturados. Fotografe sim e mande fotinhas. Lindinha.

CAPÍTULO VI

A bordo do micro-ônibus, os componentes da Operação Abrolhos percorreram a estação de Mairinque, KM 192, ainda no município de Nanuque.

Não encontraram o tal chinês, mas, no lugar da estação, se depararam com uma unidade de saúde e, atenção, a velha caixa d'água continua de pé. Da serraria, que trouxe desenvolvimento à localidade, ainda resta a chaminé que enfeita o centro do distrito.

Exatos 19 km separam as estações de Mairinque e Pampam – KM 211 –, essa localizada no município de Carlos Chagas e inaugurada em 1910. No local, floresceu o povoado de Santo Antônio do Pampam, como comprova a igreja ainda mantida de pé no meio do nada... Havia também uma grande serraria para beneficiamento da madeira que, depois, era embarcada nos vagões do trem e levada para o porto de Ponta de Areia.

O pessoal abriu bem os olhos e, admirados, contemplaram o Rio Pampam nas imediações se encontrando com o Rio Mucuri. Principal afluente do Mucuri, ele nasce entre os municípios de Águas

Formosas e Fronteira dos Vales e, no município de Carlos Chagas, deságua na margem esquerda do Mucuri, multiplicando por dois o volume de água deste. O segundo afluente mais importante é o Rio Todos os Santos...

No passado, navegando até a foz do Pampam, as pessoas vinham de cidades como São Pedro, Crisólita, Umburatiba, Águas Formosas, Machacalis e Fronteira dos Vales para pegar a Maria Fumaça e se deslocar até outras cidades do Vale do Mucuri, como Nanuque, Caravelas ou Teófilo Otoni.

A Operação Abrolhos deixou Pampam e seguiu para as próximas estações ferroviárias, todas localizadas ainda no município de Carlos Chagas, como Estação Charqueada (KM 222), Estação Presidente Getúlio (KM 234), Estação Presidente Pena (KM 256), Estação Mangalô (KM 271), Estação Santa Clara (KM 285) e Estação Francisco Sá (KM 291), que serve para sinalizar a metade da extensão da Estrada de Ferro Bahia/Minas.

– Aqui, meus amigos, atingimos a metade do caminho. Se, por um lado, não conseguimos alcançar o trem e seu passageiro mais ilustre, o chinês; por outro lado, estamos tendo a oportunidade de conhecer esta belíssima região, rica de histórias e dona desta natureza exuberante. Não é mesmo? – interrogou o assessor do prefeito.

– Ainda estou fascinado com o encontro dos rios Pampam e Mucuri – concordou o guarda.

– Muito bom conhecer as localidades de onde saíam as cargas de carne de charque que eram transportadas pelo trem até o porto de Ponta de

Areia. Depois, via navio, a carne era levada para os grandes centros, como Rio de Janeiro e Salvador, e até para outros países – comentou o historiador.

– Pois é, toneladas de carne de charque partiam dos KM 222, 234, 256 e 271. Ou seja, das estações de Charqueada, Presidente Getúlio, Presidente Pena e Mangalô – acrescentou o jornalista.

Todos esses comentários só evidenciavam uma coisa: a vocação agropecuária de Carlos Chagas, também conhecida como a "Pérola do Mucuri" e a "Capital Mineira do Boi". Com razão, a cidade é uma das mais belas do vale e, também, possui um dos maiores rebanhos bovinos mineiros, destacando-se tanto no boi para corte quanto na produção leiteira. Sem esquecer que Carlos Chagas se destaca – nacionalmente – na tecnologia de transferência embrionária em bovinos.

A cidade, que já se chamou Presidente Getúlio, foi batizada de Carlos Chagas em homenagem ao cientista mineiro homônimo. Isso se deu durante a emancipação ocorrida em 17 de dezembro de 1938.

Para chegar ao distrito de Presidente Pena – KM 256 no município de Carlos Chagas – o micro-ônibus deixou a BR-418 e seguiu margeando o leito do Mucuri, seguindo os trilhos da EFBM ou mesmo por vias vicinais de chão batido...

A Operação Abrolhos teve a oportunidade de presenciar o encontro do Rio Todos os Santos com o Rio Mucuri... Aliás, para chegar à Estação Mangalô, prosseguiu pelas margens do Todos os Santos.

CAPÍTULO VII

O prefeito Sylvio Ramos teria alguma coisa a ver com o tal chinês? Perguntando de outra maneira: o chefe do Executivo municipal estaria envolvido na história do chinês? Se sim, qual a intenção do gestor público?

Fato é que o prefeito, durante o ano de 2020, recebeu alguns deputados em Caravelas para tratar, adivinhem, da reativação da Estrada de Ferro Bahia/Minas. Exatamente, caros leitores.

Com o objetivo de discutir o retorno da EFBM, o prefeito recebeu os deputados estaduais João Leite – presidente da Comissão Pró-Ferrovia da Assembleia Legislativa de Minas Gerais, e Carlos Robson (Robinho) – presidente da Comissão de Finanças, Orçamento, Fiscalização e Controle da Assembleia Legislativa da Bahia.

O prefeito, acompanhado dos vereadores aliados e dos secretários municipais, deu as boas-vindas aos deputados Robinho e João Leite, especialmente este que visitava Caravelas pela primeira vez. Inclusive, a comitiva foi visitar a antiga Estação Ferroviária de Caravelas, situada ali mesmo na sede do município, no KM 04.

Segundo Sylvio Ramos, existe um movimento cada vez mais forte no sentido de revitalizar a malha ferroviária da antiga estrada de ferro que, nos tempos áureos, ligou a Estação de Ponta de Areia à Estação de Araçuaí, no médio Jequitinhonha. Durante 85 anos de atividade, a Maria Fumaça promoveu a geração de emprego e renda transportando pessoas e escoando toda sorte de objetos e matérias-primas, como madeira, café, cereais, minérios e produtos manufaturados, na forma de mercadorias, que eram distribuídos pelas cidades do extremo sul baiano e nordeste mineiro.

A conjugação desses esforços, ainda em fase de articulação e conversas, visa à reativação da Estrada de Ferro Bahiminas. Por quê? Porque agora, como no passado, ela continua sendo vista como alternativa para promover o desenvolvimento econômico em alguns municípios das regiões extremo sul da Bahia e nordeste de Minas Gerais. Gerando empregos, renda e crescimento econômico. A Bahiminas servirá também para diminuir o impacto do transporte de cargas nas estradas brasileiras.

Após a visita dos deputados, o prefeito Sylvio Ramos fez questão de participar de uma audiência da Comissão Pró-Ferrovias da Assembleia Legislativa do Estado de Minas Gerais. Na audiência – realizada na cidade de Teófilo Otoni –, Sylvio defendeu com unhas e dentes a revitalização da ferrovia baianeira. Mais que defender, ele se comprometeu a ir atrás de recursos para tal empreitada junto aos governos federal e estadual, inclusive através de emendas parlamentares, a fim de reconectar Bahia e Minas nos trilhos. Uma caravana – formada pelos vereadores Gilmar Souza ("Gilminha", presidente da Câmara), Kleber Fernandes, Khalirone Campagnaro e Claudino dos Santos – acompanhou o chefe do Executivo caravelense.

Solenemente, Sylvio assumiu o compromisso pessoal e institucional de lutar pela restauração do trecho original que ligou os municípios de Caravelas e Serra dos Aimorés. Trata-se do primeiro trecho histórico inaugurado no final do século XIX, ainda durante o Segundo Império, que trouxe desenvolvimento aos estados da Bahia e Minas.

Entusiasta desse projeto grandioso, orçado em R$ 3,1 bilhões, o prefeito defende que "a reativação da ferrovia tem a seu favor um grande impacto econômico e social para os dois estados coirmãos". A nova versão da estrada de ferro – garante o gestor – vai beneficiar o município de Teixeira de Freitas, que ganhará uma estação ferroviária.

A Associação dos Ex-Ferroviários da EFBM também defende e acredita no retorno da boa e velha ferrovia. O então presidente da República, Luiz Inácio Lula da Silva, quando da inauguração da Universidade Federal dos Vales do Jequitinhonha e Mucuri, afirmou que a EFBM poderia voltar... O sonhado e desejado retorno dos trilhos já virou lenda. Mais que isso, tornou-se um sebastianismo que, entra ano e sai ano, segue alimentando a saudade dos bons tempos ferroviários.

A questão é a seguinte: Jânio Quadros disse que fecharia a estrada de ferro, porque ela havia se transformado em cabide de empregos e antro de corrupção, depois se desdisse ("eletrificá-la-ei"), mas coube a Castelo desativá-la. Qual será o presidente que irá decretar a reativação dela? Dificilmente será Jair Bolsonaro, entreguista e defensor do Estado mínimo nas questões econômicas. E desprovido de preparo e sensibilidade nas questões culturais.

A pergunta insiste: será que o prefeito estaria por trás da fake news envolvendo o tal chinês? Com a melhor das ideias, só para promover a volta da estrada Bahia/Minas...

CAPÍTULO VIII

Da Estação Francisco Sá – KM 291 – à Estação Bias Fortes, o veículo teria que percorrer uma distância de 18 km, o que faria em poucos minutos, ainda que enfrentando os desafios de uma estrada vicinal.

A Estação Bias Fortes – KM 309 – ficava no distrito de Chrispim Jacques Bias Fortes, no município de Teófilo Otoni, também chamado de capital do Nordeste Mineiro e, igualmente, do Vale Mucuri. Inaugurada em 1897, a estação ferroviária ganhou esse nome em homenagem a Bias Fortes filho, José Francisco Bias Fortes, advogado e político mineiro, como Bias Fortes pai. Tanto Bias Fortes pai quanto Bias Fortes filho governaram Minas Gerais província e estado, respectivamente.

A 26 km ficava a Estação São João – KM 337 –, que nos tempos áureos funcionou como parada de embarque e desembarque de passageiros. O micro-ônibus parou ali por poucos minutos e, como não havia vivalma, seguiu direto para a Estação Pedro Versiani, que distava 10 km dali. Ambas localizadas no município de Teófilo Otoni.

A caminho do distrito de Pedro Versiani, os membros da Operação Abrolhos apreciaram uma bela estrutura de ferro e aço montada sobre o Rio Todos os Santos. Na verdade, é um pontilhão implantado no final do ano de 1897, construído na Inglaterra e transportado até o porto de Ponta de Areia pelo navio La Plata de bandeira argentina. Todos admiraram o estado de conservação da ponte que, passados 120 anos, continua servindo de ligação entre o distrito de Brejão e a cidade de Teófilo Otoni. O jornalista fotografou a novidade de vários ângulos, para compartilhar no blog "Na linha do trem".

– Estou fascinado com este pontilhão, meus amigos. Que artefato mais interessante e, o que é melhor, produzido pela indústria inglesa.

– Isso mesmo, caro jornalista – comentou o historiador. – A Inglaterra que, como sabemos, promoveu a Revolução Industrial. Sem a iniciativa dos ingleses, certamente, não teríamos esse pontilhão que foi tão útil para a EFBM.

– Meus amigos leitores do blog vão gostar de apreciar a fotografia dessa ponte – acrescentou o jornalista, dando um click.

Num pulo, estavam no distrito de Pedro Versiani, que ficava às margens da BR-418 e sediava a Estação 347 batizada em homenagem ao engenheiro da via férrea do final século XIX – Pedro Versiani. Assim que foi desativada, essa estação serviu como agência dos Correios e Telégrafos e, depois, como posto da Polícia Militar. Nem sinal do chinês por ali, como vocês devem deduzir.

A 30 km dali, ficava a Estação Teófilo Otoni – KM

377 –, mas antes era preciso passar por três estações também desativadas e que serviram para embarque/desembarque de passageiros. Trata-se da Estação Planície (KM 358) no povoado de Júlio Leander; a Estação KM 361 no povoado de Itamunheque; e a Estação KM 367 da comunidade de Cantinho, essa no subúrbio teófilo-otonense e já com status de bairro.

Finalmente, o veículo estacionou diante da bela e imponente Estação Teófilo Otoni – KM 377 – cujo nome é uma homenagem ao fundador da cidade – Teófilo Benedito Otoni. A inauguração aconteceu em 3 de maio de 1898. Aquela terça-feira se transformou num dia mais que especial – memorável. A cidade estava em festa. Eram foguetórios, bailes e banquetes – escreveria o cronista Gonzaga de Carvalho no futuro. As ruas foram decoradas e as janelas ganharam toalhas bordadas com motivos florais. Duas bandas musicais vindas de Minas Novas e do Rio de Janeiro alegravam os moradores e visitantes executando canções, hinos e tocatas. Um espetáculo de cores e sons tomou conta da pacata cidade, num burburinho festivo que sinalizava que o progresso havia finalmente chegado. Agora – em apenas dois dias de viagem – era possível ligar a capital do nordeste mineiro ao Oceano Atlântico! Isso era um feito e tanto para época.

O assessor do prefeito, seguido dos demais companheiros, se informou sobre o chinês, mas nenhum sinal dele, e, quanto à locomotiva, nenhum vestígio de fumaça dela restara por ali. Excepcionalmente naquela manhã, o veículo movido a vapor permanecera pouco tempo na gári, partindo em seguida...

Se o pessoal da Operação Abrolhos tivesse se dirigido à Praça Tiradentes, teria visto a primeira locomotiva da EFBM – a pojixá – de fabricação americana. A velha Maria Fumaça, que chegou à região pelo Porto de Ponta de Areia em 1880, segue exposta à visitação no logradouro, imortalizada no tempo e imobilizada no espaço. Enfim, como testemunha ocular da história, como quem repete, para sempre, o mesmo adeus.

VOCÊ VIU O CHINÊS POR AÍ? – II

Desculpem, meus amigos, mas só agora há pouco consegui entrar aqui – e rapidamente. Estamos na Estação Teófilo Otoni – no KM 377 –, por onde passava o trem. Vocês conhecem esta cidade maravilhosa do nordeste mineiro? Se não conhecem, não sabem o que estão perdendo. Ela é simplesmente a capital do Vale do Mucuri e do nordeste mineiro. Está bom para vocês? Então, se liguem no que vou dizer... Nada do chinês! Nem sinal dele. Sumiu, escafedeu-se!

E vocês, por acaso, têm alguma notícia dele? Se alguém tem, por favor, compartilhe comigo. Contamos com vocês. Façam parte da Operação Abrolhos e, juntos, vamos tentar localizar o chinês! Minha gente, vendo o chinês, não pense duas vezes... compartilhe conosco. Você estará prestando um grande serviço à cidade de Caravelas e ao povo caravelense! Sem mais para o momento, segue uma foto da Estação Teófilo Otoni que tirei especialmente para postar aqui. Curtam, comentem e compartilhem. Até breve.

CAPÍTULO IX

Durante a parada em Teófilo Otoni, o prefeito Sylvio Ramos falou rapidamente com Edney Santos por celular:

– E aí? Alguma novidade sobre o chinês? Me conte uma boa, que não vejo a hora de esclarecer de uma vez por todas essa história de Estação 35.

– Pois é, prefeito. Gostaria muito de lhe dar uma boa notícia, mas até agora nada de nada. O chinês simplesmente sumiu do mapa. Ou se encontra no trem que partiu na nossa frente e que, infelizmente, não conseguimos alcançar até o presente momento.

– Se vocês não conseguiram alcançá-lo em Teófilo Otoni, as coisas se complicaram de vez. Mas continuem no encalço dele. Do trem e do chinês. Com certeza, em Araçuaí, vão alcançá-los. Qualquer novidade, me comunique.

– Pode deixar, chefe. Estamos hoje por conta disso... De qualquer modo, está valendo muito a pena a aventura.

– Então, você gosta de uma aventura, hein? Que tal, da próxima vez, partir para a China à procura do tal chinês? Mas, atenção, não pode ser qualquer chinês, mas o chinês que veio inaugurar a Estação 35... Hein?!

– Não está falando sério, né, chefia?

– Seriíssimo. Por que não seria sério? O povo aqui não fala em outra coisa...

– No chinês ou na Estação 35?

– Nas duas coisas. Ora! Portanto, sebo nas canelas e encontre o chinês.

– Pode deixar. Já estamos de saída.

– Assim que se fala. Boa caçada.

✓

O Vale do Mucuri e o Extremo Sul da Bahia foram ocupados originalmente pelos indígenas, que são os primeiros e autênticos habitantes dessa região então paradisíaca, fértil e de difícil acesso por causa das "matas do leste" e, também, da presença dos "índios bravios".

No século XIX, muitos viajantes se aproximaram dessa região, na tentativa de penetrá-la, sempre pelo Rio Mucuri ou por suas margens. Essas primeiras expedições tiveram algum contato com ribeirinhos e índios, como maxacalis, nak-nanuks, malalis e macunis. Mas evitavam a todo custo os aimorés (apelidados de botocudos), porque tinham fama de "agressivos e antropófagos".

Desde os séculos XVI, XVII e XVIII, no entanto, as chamadas expedições faziam incursões pelo Vale do Mucuri, para reconhecimento do lugar e, igualmente, para botar o olho-grande no potencial econômico da região, como a extração do ouro e a exploração da madeira de lei. Dentre tantas expedições, citam-se a Expedição Martim Carvalho de 1550; a Expedição

Tourinho de 1573; a Expedição Adorno de 1580; a Bandeira de Fernão Dias Paes de 1673.

Essas expedições prosseguiram no século XIX com os viajantes (inclusive europeus), como Francisco Teixeira Guedes, que fez o seguinte percurso: Minas Novas, seguindo pelos rios Jequitinhonha, Preto até chegar ao Mucuri e ao Todos os Santos. E as expedições de Victor Renault, Johann Emanuel Pohl, Saint-Hilaire, Príncipe Maximiliano, Robert Avé-Lallemant, etc. Todos eles eram temerosos dos ataques dos botocudos – dos tidos e havidos como hostis e que viviam embrenhados nas matas. Porque grande parte desses indígenas já vivia em relativa pacificação com os colonos em pequenas povoações ou roças protegidas por um quartel militar. Pohl, inclusive, teria recebido um botocudo de presente do capitão Félix Celestino da Mota.

Um parágrafo à parte para os viajantes Príncipe Maximiliano e Robert Avé-Lallemant, que visitaram in loco a região e observaram o drama do homem branco versus povos indígenas. Mais que isso, eles deixaram anotações importantes sobre o que presenciaram: uma região exuberante do ponto de vista natural, mas repleta de desafios de toda sorte para seus poucos habitantes. De um lado, os colonos atraídos pela propaganda oficial para desbravar e povoar esse Eldorado. Do outro lado, os nativos que não desejavam essa convivência, mas que seriam forçados a aceitá-la. Assimilá-la. O resultado desse embate é conhecido de todos: catequese, imposição e violência. As anotações dos viajantes, como Maximiliano e Robert, continuam jogando luzes sobre esse passado mal explicado e mal compreendido do Brasil. Polêmico, Robert fez duras críticas ao processo de colonização no Vale do Mucuri, inclusive denunciando o descaso da "Companhia do Mucury" para com os imigrantes alemães que, após serem atraídos, foram abandonados à própria sorte.

A essa altura, já existia uma população notadamente mestiça vivendo às margens dos rios mais importantes do vale e que praticava agricultura (produção de grãos e algodão, por exemplo), criação de gado, cavalar e vacum, e atividades extrativistas do ouro, gemas e madeira.

Consta que o mestre de campo João da Silva Guimarães deixou Minas Novas, por volta da segunda metade do século XVIII, para se fixar às margens do Mucuri, acompanhado de escravos e disposto a cultivar grãos e explorar terras à volta. Ele teria sido o primeiro morador não descendente de índio no Vale do Mucuri. Mas, devido aos ataques dos índios, teria voltado para Minas Novas.

A colonização de fato e de direito do Vale do Mucuri só iria acontecer, a partir de 1847, com a Companhia de Comércio e Navegação do Mucuri (CCNM), idealizada e inaugurada por Teófilo Benedito Otoni. Acredita-se que, mais que colonizar e desenvolver economicamente a região, o visionário mineiro pretendia constituir uma nova província com territórios anexados do nordeste de Minas, sul da Bahia e norte do Espírito Santo.

Fato é que Teófilo Otoni conseguiu apoio privado e público para criar a CCNM e, assim, deu início a uma campanha internacional para atrair imigrantes europeus – que investiram dinheiro e mão de obra no projeto, que envolveu a abertura da 1ª estrada de rodagem do país (Santa Clara), a fundação do entreposto de Filadélfia (atual cidade de Teófilo Otoni) e, enfim, a ocupação e colonização do referido vale.

É certo também que o decidido serrano (natural de Serro/MG) não só conseguiu estabelecer uma relação amistosa com os índios, que definiu como "mansos como cágados", aos quais ofereceu a opção de venda da mão de obra sem se submeterem ao trabalho escravo, como botou a Companhia para funcionar a contento. Ela ligava o nordeste mineiro – via Santa Clara, Rio Mucuri e Oceano Atlântico – ao Rio de Janeiro da época imperial.

Por uma série de empecilhos – como embate ideológico entre liberais e conservadores, falta de recursos, acusação de abandono dos colonos imigrantes e enormes desafios geográficos e naturais –, Teófilo Otoni foi afastado do controle da Cia. que ele idealizara e fundara, a qual acabou encampada e extinta pelo governo imperial.

O triste fim da CCNM valeu duras críticas ao seu idealizador e maior acionista, com tentativas de denegrir a reputação do empresário e político, que reagiu com indignação. Com a palavra, Teófilo Otoni:

"Permitirá V.S. que eu consigne o fato de que não foi por iniciativa ou aprovação minha que se encampou o contrato da Companhia...

Não era nossa empresa um sorvedouro dos dinheiros públicos. À exceção do empréstimo malogrado, nunca pediu favor pecuniário ao governo, nem nos deu ele senão o seu apoio moral e algumas folhas de papel, em que escreveu os privilégios que ora rasga. Ao contrário foi a Cia. do Mucuri que se cotizou no benefício público...

Sem meios para levantar dinheiro, assustados com a guerra, que nos movia, os acionistas opinaram pela encampação. Considerando que os senhores acionistas não tinham tirado vantagem alguma dos capitais, que há tanto tempo nos confiaram, não me julguei em liberdade para ter uma opinião diversa da que manifestaram, e subordinei o meu juízo...

Assim como levei barcos a vapor à raiz da província, fantasiava que, em futuro pouco remoto, uma locomotiva me transportaria de Caravelas ao norte de Minas. Dir-se-á que são utopias; mas a Assembleia Provincial de Minas, quis associar-se às utopias do diretor da Cia do Mucuri. Subscreveu mil ações da Companhia. E, ainda bem, é o único acionista que não perde os juros do capital que me confiou. Minas ganha, além do seu capital, que reembolsa: Mais de cinquenta léguas de estradas regulares, sendo cerca de trinta, de rodagem, e na opinião de um viajante ilustre, a melhor estrada do Brasil, à exceção da União e Indústria. Ganha a posse de uma linha de navegação a vapor, que liga o Rio de Janeiro às comarcas do Norte, e de que não haverá governo algum que a prive, dora em diante. Recebe, em troca de brenhas inóspitas, três importantes freguesias: Filadélfia, Capelinha e Jacuí, filhas genuínas da Cia do Mucuri e que já contam mais de 25.000 almas. Recebe, catequizados e inofensivos, milhares de selvagens, que eram o terror dos habitantes do leste de Minas

Novas. Recebe diversos núcleos de colonização europeia, que importaram indústrias e capitais, e que estão ligados ao solo da província. Não posso, pois, considerar perdido o tempo, que consagrei ao Mucuri, nem lembrar-me de um miserável balanço de caixa, quando a generosa província de Minas, tira tão assinaladas vantagens dos meus sacrifícios. Bem hajam eles! São um pequeno tributo de gratidão, que vota à sua generosa província, o filho que mais lhe deve".

CAPÍTULO X

O micro-ônibus agora deixou Teófilo Otoni, cortou o bairro Palmeiras em direção a Valão, distrito do município de Poté, ainda no Vale do Mucuri.

Quinze Jardim sentiu uma vontade danada de cantarolar, certamente inspirado pela cidade de Teófilo Otoni, que ficara para trás. Deixara a poltrona de condutor apenas para ir até o banheiro fazer xixi. Feitas as necessidades, voltou ao comando da máquina. Tinha orgulho de ser motorista: habilitado e concursado.

"Os meninos na estação
A bandeja tá vazia
A miséria tá no bolso
Pra tentar comprar feijão
Vai embora, BAHIMINAS,
Rumo adentro meu sertão
Bota fogo, seu foguista
Taca o pé, seu maquinista
Lá na frente vem um túnel
Tá escuro pra daná

Vai embora, BAHIMINAS,
Rumo adentro meu sertão
Novo Cruzeiro já passou
E Queixada vem aí"

Cantarolava consigo para não chamar a atenção nem, muito menos, demonstrar falta de atenção ou qualquer suspeita de que não estava à altura do cargo e da responsabilidade de uma direção.

A Estação Valão – KM 402 – era o próximo destino da Operação Abrolhos. Antes disso, porém, uma passada rápida pela Estação Aliança, no KM 385, na localidade conhecida como Cabeceira de São Pedro, porção de terra pertencente a Teófilo Otoni.

A Estação Aliança foi inaugurada em 1º de junho de 1918 e, por suas características geográficas e chuvas constantes, o trem costumava descarrilar e era um deus nos acuda. O excesso de chuva, tão comum naquela época, provocava a queda de barreiras nos trilhos e a viagem se transformava numa temeridade para todos. O trem ficava encharcado de água e molhava os pés dos passageiros...

As pessoas pegavam o trem por razões lúdicas ou pragmáticas. Viajavam para passear, visitar familiares em outras localidades ou mesmo para fazer compras nos centros mais sortidos e abastecidos. Às vezes, esses deslocamentos se davam por questões comerciais ou de sobrevivência: levavam rapadura, farinha, feijão e milho, ovos, animais e, na volta, traziam roupas, calçados, sal, açúcar e querosene.

Além dos vagões para transporte de cargas, havia os vagões para transporte de pessoas. As chamadas primeira e segunda classes.

– A primeira classe era ocupada pelas pessoas vestidas a caráter e compenetradas em suas conversas discretas. Falavam baixo e educadamente – disse o filho de ferroviário. – E acrescentou: "A segunda classe era ocupada pelo povo comum que, como tal, falava de maneira alta e animada. Os jovens se divertiam pra valer, comentando as novidades ouvidas pelo rádio, especialmente. As crianças choraram durante o trajeto sendo ameaçadas pelas mães. Era uma animação".

A Operação Abrolhos, finalmente, se aproximou da Estação Valão, também inaugurada em 1º de junho de 1918 e tombada como patrimônio histórico de Poté. Dessa estação saía a principal produção de café que era exportada, por navio, para outros países. Nessa mesma localidade nasce o Rio Todos os Santos, que é o afluente mais importante do Rio Mucuri.

Agora a comitiva já se dirigia à movimentada Estação Sucanga – KM 410 –, que começou a funcionar em 1918, mas só foi inaugurada em 1927. Nas imediações ficavam os armazéns que recebiam as cargas que ficavam depositadas, até serem despachadas pelo trem para as cidades mais desenvolvidas da região, como Teófilo Otoni, Nanuque e Caravelas.

Após a Estação Sucanga, a próxima parada era a Estação Caporanga – KM 421 – localizada no município de Ladainha. Naquele ponto, o pessoal da Operação Abrolhos reencontrou o Rio Mucuri que havia deixado para trás, a 185 km, no distrito de Presidente Pena, lembram?

Eis que todos ficaram encantados com um pontilhão – construído sobre o leito do rio – e trazido da Inglaterra de navio, tendo chegado à Estação Ponta de Areia, e de lá transportado até Caporanga...

– Atenção, pessoal, do lado de cá da ponte é Poté, do outro lado Ladainha" – informou o assessor do prefeito.

– Caporanga significa manancial de água doce, segundo uma pesquisa rápida que fiz no Google – acrescentou o jornalista. E já clicava o achado e, mirando os companheiros, fotografava um por um. O intérprete de mandarim não gostou nem um pouco de ser clicado. Em resposta, soltou algo que ninguém compreendeu. Certamente uma expressão chinesa.

CAPÍTULO XI

Ninguém duvida que a Estrada de Ferro Bahia/Minas, que ligou o extremo sul da Bahia ao nordeste mineiro por 85 anos, trouxe desenvolvimento para essas duas regiões. Do lado baiano, a via férrea passava por trechos dos municípios de Caravelas, Alcobaça, Nova Viçosa e Mucuri; do lado mineiro, por trechos dos municípios de Serra dos Aimorés, Nanuque, Carlos Chagas, Teófilo Otoni, dentre outros.

E esse desenvolvimento se intensificou, sobretudo, a partir dos anos 40 com a inauguração da Estação Araçuaí, inaugurada somente em 1942, totalizando 578 km de trilhos. Sobre essa malha férrea a locomotiva a vapor transportou passageiros e o progresso das duas regiões em destaque.

Mas imaginar que apenas os municípios (cidades, distritos, povoados e zona rural) – diretamente envolvidos pela estrada de ferro – foram beneficiados por ela... é pouco, muito pouco, e não revela os benefícios indiretos proporcionados pelo boom ferroviário. Vejamos isso de perto.

A cidade de Itanhém, que fica no oeste do

extremo sul da Bahia, por exemplo, não foi impactada diretamente pela velha estrada de ferro. No entanto, indiretamente, Itanhém e seus moradores foram afetados de maneira positiva pela presença da EFBM. Isso vale para muitos municípios da região, como Medeiros Neto, Vereda, Ibirapuã e Lajedão – esses dois muito mais, já que se localizam nas proximidades de Serra dos Aimorés, em cujo território foram instaladas duas estações: a de Aimorezinho (KM 143) e a de Arthur Castilho (KM 158).

No caso de Itanhém, para fim de ilustração, muitas das mercadorias que abasteciam e movimentavam o comércio local eram trazidas de "centros" como Nanuque e Teófilo Otoni. Como se dava essa logística? Pela estrada de ferro, evidentemente.

Comerciantes como Sady Teixeira Lisboa pegavam o trem em Serra dos Aimorés e iam fazer as compras em Nanuque ou Teófilo Otoni, para abastecer seus estabelecimentos comerciais. De Serra dos Aimorés até Itanhém, a distância era vencida a cavalo. As mercadorias eram transportadas nos lombos dos animais.

Entre os anos de 51 e 55, quando defendeu os interesses dos moradores do distrito de Nossa Senhora de Itanhém na Câmara Municipal de Alcobaça, o mesmo Sady vencia o longo trajeto a cavalo ou de trem. A cavalo, ele levava dois dias para ir e dois para voltar. De trem, era mais rápido e confortável. Pegava a Maria Fumaça em Serra dos Aimorés, descia em Caravelas, de onde seguia a cavalo até Alcobaça. Com certeza, a viagem de trem era mais divertida.

Numa época em que as distâncias eram enormes e os meios de transportes precários e limitados, as pessoas sofriam para se deslocar de um lado para outro. Como chegar até a capital da Bahia, Salvador, naqueles idos? A pé ou a cavalo.

Ou então pelos ares, voando, de avião. Em caso de emergência, as autoridades pegavam o avião ou em Caravelas ou em Nanuque para ir até Salvador. Para chegar às duas cidades em questão, claro, iam de trem.

Portanto, a via ferroviária ajudou no desenvolvimento desta região em muitas frentes: econômica, social e cultural. Saudosa estrada do progresso!

✓

A Estação Araçuaí – KM 578 – da Estrada de Ferro Minas/Bahia só foi inaugurada em 1942, portanto passados 60 anos da inauguração da Estação Ponta de Areia e passados 44 anos da inauguração da Estação Teófilo Otoni.

Portanto, da inauguração da Estação Araçuaí, em 1942, até a desativação da EFBM, em 1966, decorreram 24 anos. Trocando em miúdos, a via ferroviária ficou em atividade plena durante pouco mais de duas décadas.

O auge dela se deu durante os anos 50, com a pujança do transporte de passageiros e o escoamento de produtos agropecuários, sobretudo madeiras, que eram enviados para as capitais e também para alguns países da Europa. Por transporte marítimo, via navios, que atracavam no Porto de Ponta de Areia, em Caravelas, no extremo sul baiano.

Nesse período, cidades importantes das duas regiões envolvidas – como Caravelas, Nova Viçosa, Nanuque, Carlos Chagas e Teófilo Otoni – se desenvolveram bastante. Distritos e pequenos povoados, surgidos às margens dos trilhos, também foram beneficiados por esse "boom" progressista.

A ideia original era que, de Araçuaí, a via férrea chegasse até Minas Novas e, daí, até Diamantina, que já era ligada à Ferrovia Central do Brasil. Mas ela cumpriu seu papel, enquanto durou, levando progresso para o médio Vale do Jequitinhonha, Vale do Mucuri e Extremo Sul da Bahia.

A Bahiminas foi sonhada e projetada a priori pelo grande Teófilo Benedito Otoni, que faleceu antes da inauguração da primeira estação. Vivo fosse, ele teria celebrado essa grande conquista do Segundo Império que resistiria até os anos 60 do período republicano.

Antes de falecer em 1869, o político mineiro sonhou em ver a estrada de rodagem Santa Clara substituída por uma estrada de ferro. O sonho acabou virando realidade cerca de duas décadas depois, em 1881, com a fixação do primeiro trilho em Ponta de Areia.

Por que a EFBM foi desativada? Por uma série de motivos, dentre os quais, destacam-se a inviabilidade econômica dela, uma vez que a escassez de madeira se impunha, e as passagens por si só estavam longe de bancar a manutenção dela. Ou seja, as contas viviam no vermelho. Além disso, havia toda uma campanha publicitária incentivada pelos Estados Unidos pela substituição dos trilhos pelas rodovias. Como fiadores da política econômica dos militares e beneficiários diretos da indústria automotiva incipiente em solo brasileiro, os norte-americanos sabiam o que queriam. Além do mais, os veículos automotores eram a grande novidade da época.

Moral: a estrada foi desativada e a locomotiva se silenciou para sempre. No lugar da malha férrea, surgiu a rodovia federal BR-418, que só há pouco foi completamente pavimentada. Mas aí já é outra história...

CAPÍTULO XII

A aventura prosseguia a todo vapor, digamos assim, com o envolvimento dos membros da Operação Abrolhos. É claro que uns estavam mais empenhados que outros, mas no geral todos demonstravam algum interesse pelos aspectos geográficos, hidrográficos, culturais e humanos daquela viagem. No entanto, nenhum sinal do chinês...

A parte da manhã se fora, a parte da tarde seguia o mesmo caminho inexorável do tempo – extinguir-se aos poucos e sempre, como manda a ordem natural das coisas.

Antes de chegar à Estação Ladainha, tinham que passar pela estação ferroviária de Icari – KM 430 –, também conhecida como estaçãozinha que, por sua vez, tinha sido inaugurada em 26 de dezembro de 1918.

Solenemente adentram a cidade de Ladainha, onde se localiza a estação de mesmo nome – KM 441 –, naquele trecho da linha férrea.

Nas imediações apreciaram a nascente do Rio Mucuri do Norte, sobre o qual mais um pontilhão de ferro e aço importado da Inglaterra, que segue preservado e resistente à ação da ferrugem e do tempo.

Um esclarecimento: se o Mucuri do Norte nasce no município de Ladainha, o Mucuri do Sul tem sua nascente no município de Malacacheta. Um pouco mais abaixo do ponto em que se encontravam, os dois cursos d'água iam se fundir para formar o Rio Mucuri que, com seus 321 km, serpenteia pelo vale até desembocar na foz, na cidade de Mucuri.

A cidade de Ladainha, que surgiu por causa da Estrada de Ferro Bahia/Minas, contava com pelo menos 70 unidades residenciais e fora projetada para receber os funcionários graduados e seus familiares. Esse pessoal – que vinha de cidades como Rio de Janeiro, Lavras, São João Del Rey, Belmonte, Prado e Salvador – destoava dos trabalhadores da região que cuidavam da parte, digamos, mais rústica do empreendimento ferroviário.

Assim, Ladainha tinha sido equipada para oferecer conforto para seus moradores, como quadras poliesportivas, clube de recreação, campo de futebol iluminado e até cinema. Numa época em que nem as cidades mais importantes da região dispunham de uma sala de projeção. Havia uma escola do Senai que formava mecânicos, ferreiros e marceneiros. Ali funcionava também a Oficina Geral na qual trabalhava cerca de 280 pessoas. Aliás, somente as estações de Ponta de Areia, Nanuque, Teófilo Otoni e Ladainha possuíam as próprias oficinas.

A energia elétrica que movimentava essa estrutura era gerada pela Usina Hidrelétrica

Engenheiro Wenefredo Portela. Um trecho do Rio Mucuri do Norte fora represado para movimentar as turbinas da usina construída em 1942 pela Bahiminas. Enfim, um empreendimento à altura da grandiosidade da ferrovia.

Ainda nos dias atuais, a estação segue preservada e motivo de orgulho dos moradores, ao lado de outros cartões postais, como a Capela de Nossa Senhora D'Ajuda (ainda que o padroeiro da cidade seja o Sagrado Coração de Jesus) e a bela e imponente Marta Rocha, a pedra que pode ser vista de qualquer ângulo da localidade. Ladainha é mesmo uma belezinha!

Dali, partiram para a próxima estação – no KM 463 – localizada na região conhecida como grande norte ou polígono mineiro, cortada pelos vales do Mucuri e do Jequitinhonha. Estamos falando da Estação Brejaúba.

Trata-se da última estação administrativa do Vale do Mucuri, inaugurada em 12 de fevereiro de 1924 e pertencente a Ladainha. A origem do topônimo remete a uma espécie de Antônio Conselheiro da localidade que, em suas preces, apelava para o recurso da ladainha – Oh, Minas Gerais –, mas também: "Rogai por nós".

Entre uma ladainha ou uma imprecação, Quinze Jardim preferia uma bela melodia, como aquela que insistia em sua cabeça neste momento:

"Vai embora, BAHIMINAS,
Que as moças lá da fazenda
Apesar de solitárias

Te farão uma saudação
Vai embora, BAHIMINAS,
Agradar revolução
Deixa esse povo do Vale
Sem nenhuma condução"

CAPÍTULO XIII

Sou filho de ex-ferroviário, sou Bahiminas. Em 66, quando a estrada de ferro foi fechada pelo governo militar, eu tinha pouco mais de 8 anos, mas, ainda assim, me lembro de tudo. Tudo mesmo.

Meu pai era ferroviário e isso significa que ele passava os dias envolvido com a labuta pesada dos ferroviários, serviço duro e cansativo. Ele não tinha tempo para nada, porque da manhã à noite ficava por conta da manutenção dos trilhos, cravos e dormentes, para que a locomotiva pudesse transitar, para cima e para baixo, sem sofrer acidentes.

Mesmo assim, acontecia muito acidente, porque chovia demais, porque a terra era inconsistente, porque tinha que ser assim. E meu pai e os outros peões, envolvidos com a via férrea, não tinham tempo para mais nada. Levava a vida no batente dias, meses e anos. Nossa sobrevivência dependia disso.

Porém, sobreviver era uma maravilha, era uma experiência porreta, estar ali e presenciar tudo isso naqueles tempos de outrora. Parece que todo mundo era mais alegre, feliz. Apesar das dificuldades que os ferroviários e demais funcionários da EFBM tinham que enfrentar todo santo dia, a gente era mais feliz.

Falo por mim. Falo também pelas outras crianças, porque a gente fazia a festa quando a Maria Fumaça chegava apitando e cuspindo fogo e fumaça. A meninada corria para acompanhar a chegada do trem, que chegava apitando, fazendo barulho e movimentando os passageiros, as famílias, os moradores da localidade.

Quando o trem apitava, Ponta de Areia se animava, alegrava, como se o circo estivesse chegando à cidade. Não acontece assim quando o circo chega à cidade? Pois então, com a Maria Fumaça era igualzinho... As crianças saíamos correndo para ver, para pegar carona, para irritar o maquinista, para participar de tudo aquilo.

Mas, por outro lado, havia meninos que levavam tudo a sério e não na brincadeira, como a gente. Muitos garotos da nossa idade ou mais velhos, como o filho de Seu Arlindo, aproveitavam a presença do trem e dos passageiros para vender petiscos, como peixe assado ou farofa de carne seca e cafezinho; para vender bolo e biscoito; para oferecer até gaiolas com passarinhos da mata atlântica, etc.

Na verdade o trem oferecia oportunidades para todos: diversão e comércio. No caso das crianças, é claro. Uns, como eu e tantos outros, gastavam o tempo com brincadeiras. Já outros, mais ajuizados e necessitados, aproveitavam a presença do trem e dos passageiros para ganhar dinheiro. Nem me lembro qual era a moeda daquela época, mas os garotos faturavam e se davam bem. Mais que isso, ajudavam no sustento de suas famílias.

Meu pai nem desconfiava que eu aprontava

tanto. Melhor assim, né? Senão, era capaz de me proibir de pongar no trem e zoar os bichos trancados nos vagões para animais. Como disse, era um circo. Não tinha palhaço, mas tinha maquinista com boné e cara de brabo. Não tinha mágico, mas tinha foguista. Não tinha leão, mas tinha todo quanto é tipo de bicho domesticado para a gente se divertir: boi, vaca, porco, galinhas, perus.

E o mais importante: tinha um apito que, quando abria o bico, anunciava a grande novidade ali no distrito: a chegada da Maria Fumaça. A chegada da alegria porque o apito, antes de tudo, era sinônimo de diversão das boas. A gente era feliz e não sabia...

Quando o governo mandou parar o trem, foi uma tristeza geral, especialmente para as crianças. Do dia para a noite, ficamos sem a Maria Fumaça, sem os bichos, sem a movimentação, sem nada. Uma decisão maldosa, não é mesmo?

Maldosa, porque não acabou só com a alegria da meninada. Acabou também com o sustento de muitas famílias, de muita gente, que ficaram sem o que fazer, sem o sustento, sem o pão de cada dia.

Os ferroviários foram transferidos para trabalhar em outras linhas de trem, bem distante de nós. Uns levaram suas famílias, outros deixaram os seus para trás. Outros foram aposentados, interrompidos no tempo. Foi uma loucura. As pessoas, que estavam acostumadas com o meio de transporte, ficaram sem poder viajar de Ponta de Areia para Serra dos Aimorés, e vice-versa, para Nanuque ou mesmo para Teófilo Otoni. E agora, seu maquinista? Ficou todo mundo chupando o dedo, sem saber o que fazer.

Pois é, a gente era feliz e não sabia. Ficou apenas muita tristeza e muita saudade. Mas, às vezes, por milagre ou imaginação, ainda ouço o apito da locomotiva a vapor, a diesel ou a energia elétrica... Sei lá. Sei apenas que é tão real, mas irreal. Loucura boa, com certeza.

CAPÍTULO XIV

A estação seguinte – Novo Cruzeiro, correspondente ao KM 481 – foi inaugurada em 1924 e continua belamente preservada pelo poder público municipal.

Ela foi construída na antiga Fazenda Gravatá, que se tornou o povoado São Bento, que depois foi emancipado do município de Araçuaí. Emancipou-se em 1943 e ganhou o nome de Novo Cruzeiro por causa da moeda recém-adotada pelo país.

Novo Cruzeiro faz parte do médio Vale Jequitinhonha, é banhado pelo Rio Gravatá, que deságua no Rio Araçuaí, que deságua no Rio Jequitinhonha. Essa localidade já ostentou o título de maior produtor de alho do Brasil, mas atualmente importa alho. Sediou também inúmeras fábricas de cachaça.

– A partir de agora, senhores, vamos margear o Rio Gravatá, até chegarmos ao povoado de Queixada – KM 513 –, onde está a estação de mesmo nome – anunciou o assessor.

Passaram rapidamente por Queixada em direção à Estação Engenheiro Schnoor, no KM 533 – já no município de Araçuaí. O nome da estação constitui uma homenagem ao engenheiro Émile Armand Henri Schnoor e foi instalada em 1930, mas só inaugurada em 1940.

Já era tardinha daquele 1º de março de 2021, o sol já se punha, enquanto a Operação Abrolhos se encaminhava para a Estação Alfredo Graça – KM 551 – , que durante dois anos funcionou como estação final, já que a Estação Araçuaí ainda estava em construção.

– Estamos chegando à estação final, minha gente – comemorou o assessor do prefeito Sylvio Ramos. – Ânimo, pessoal. Acelera, motorista – pediu ele.

Os outros membros da comitiva, já cansados da grande aventura, deixaram escapar um pedido que estava mais para um alívio:

– Já não era sem tempo!

E finalmente, após 21 km, entraram na cidade de Araçuaí, onde em 1942 foi inaugurada a última e derradeira estação. Estação 34! KM 578!

– Chegamos!

✓

Aliviados, todos desceram do micro-ônibus e se dirigiram para a estação ferroviária, como haviam feito com as demais estações, à procura de notícias do chinês. A estação – ou onde teria funcionado uma estação no passado distante – se encontrava às moscas. Não havia vestígios de trem nem de gente. Um completo abandono.

Nessas circunstâncias, os bravos membros da Operação Abrolhos deduziram que não havia muito o que fazer ali. Se não havia trem, logo não haveria chinês. Perseguiram um trem inexistente atrás de um chinês que, possivelmente, não existia também. Mas a viagem não tinha sido uma decepção ou frustração. Muito pelo contrário. Pois tiveram a oportunidade de viajar no tempo e espaço refazendo o trajeto da boa e velha estrada de ferro e, também, trechos da lendária estrada de rodagem – a Santa Clara, idealizada e realizada pelo memorável Teófilo Otoni.

Ficaram por ali algum tempo, jogando conversa fora e apreciando a famosa cidade de Araçuaí, que tem esse nome graças ao rio homônimo, que deságua no Rio Jequitinhonha, que por sua vez deságua no Oceano Atlântico.

Como estavam famintos, resolveram procurar um restaurante para matar aquela que os estava matando, ou seja, a fome. Sentiam sede também porque os estoques de água mineral já haviam acabado e, por isso, as gargantas estavam secas e precisavam ser molhadas com urgência.

Foram orientados a procurar o Restaurante Panela de Barro que, por causa da pandemia, ficaria aberto até as 20h. Tomaram algumas cervejas, relaxaram e se serviram da comida a quilo logo em seguida. Era juntar a fome com a vontade de comer.

Enquanto comiam, conversavam e riam à vontade. Falaram da viagem, da busca em vão do chinês, do cansaço, de modo que para o dia 1º do mês haviam feito muito ou nada – dependendo do ponto de vista.

– Pensem comigo: uma operação que, montada para uma finalidade, chega ao fim sem conseguir o objetivo. O nome disso é ou não é decepção? – filosofou o jornalista.

– Concordo em gênero, número e grau – disse o assessor, após saborear uma coxa de frango frito. – A qualquer momento, o prefeito deve ligar para obter informações...

– Até que Araçuaí é uma beleza – ponderou Felipe, o guarda municipal.

– Pois eu, senhores, não estou cansado. Aliás, estou pronto para outra – disse o motorista, cheio de disposição.

– Nesse caso, vamos retornar ainda hoje para Caravelas. Que vocês acham? – provocou o assessor para ouvir, como resposta, um NÃO deste tamanho.

Do restaurante, foram para a Pousada das Araras onde iriam pernoitar. Já passava das 20h e as ruas de Araçuaí estavam quase desertas. Sinal dos tempos pandêmicos e, também, do sumiço do trem que durante 24 anos fizera o percurso Araçuaí/Ponta de Areia. De uma ponta à outra.

✓

Claro que o motorista não fizera aquele comentário por mal, claro que não, apenas porque estava se sentindo aliviado pela chegada. Igualmente porque, pela primeira vez, descera do veículo e estava jantando decentemente junto com os demais. Seja como condutor ou membro da Operação Abrolhos, era bom estar ali confraternizando com os outros. Isso mesmo: confraternizando.

Mentalmente repetia para si mesmo mais um trecho da canção mágica que o havia acompanhado por toda a extensão da viagem:

"Você não tem culpa alguma
Pois você não pensa não
Um dia você já volta
E satisfaz esse povão
Que tá com muita saudade
Do café com pão
Manteiga não"

✓

Até que, enfim, o astrólogo resolveu falar. O sujeito era bem estranho e, por isso, chamou bastante a atenção dos demais companheiros, quando começou sua fala:

– O horóscopo chinês é uma revolução de bichos!

Disse a frase revolucionária e ficou em silêncio por alguns minutos. Essa conversa estranha se deu na Pousada das Araras, na sala de estar, em que os membros da Operação Abrolhos haviam se reunido para trocar amenidades e ver TV, enquanto o assessor discutia os detalhes do pernoite com a gerência da pensão.

– Para cada ano, há um animal específico, ao contrário da astrologia ocidental em que o mês de nascimento da pessoa é que define qual é o signo dela. Quem nasceu entre 22 de dezembro e 20 de janeiro, por exemplo, é Capricórnio, que é representado por uma cabra. Como o ano possui doze meses, são doze signos, cada qual representado por um animal que, por sua vez, se refere a uma constelação. O horóscopo ocidental tem a ver com o sistema solar, o oriental com o sistema lunar.

Nenhum pio. Todos ligados na explicação do astrólogo que, por um lado, complicava mais que esclarecia, mas, por outro lado, se impunha combinando momentos de silêncio e exposição.

– No horóscopo chinês, levamos em conta o ano do nascimento do indivíduo e não o mês, como já disse. Mas os anos são representados também, como no horóscopo ocidental, por um bicho... Caro jornalista, me diga o ano do seu nascimento que lhe direi qual o bicho correspondente...

– Muito simples – disse o jornalista. Nasci em 1966.

– Cavalo. Todos que nasceram no ano de 1966, como o ilustre jornalista, têm o cavalo como símbolo. Segundo a tradição chinesa, essas pessoas são governadas pelas características do animal correspondente ao ano do nascimento delas. A personalidade da pessoa seria regida pelo comportamento do animal.

– Muito interessante – disse o jornalista.

– Pois é, a revolução dos bichos inclui: Rato (ou Camundongo), Boi (ou Búfalo), Tigre, Coelho, Dragão, Cobra (ou Serpente), Cavalo, Carneiro (ou Cabra, Ovelha, Bode), Macaco, Galo (ou Galinha), Cachorro e Porco (ou Javali) – enumerou o astrólogo.

Nesse momento, o assessor apareceu por ali e, ouvindo a conversa, não resistiu e perguntou:

– Poderia me dizer, com exatidão, onde está o chinês?

O astrólogo não disse mais nada, calou-se abruptamente, sem dar indicação de que iria consultar os bichos, a lua, o imperador ou os cinco elementos energéticos: Metal, Água, Madeira, Fogo e Terra.

– Mas, antes, me diga qual o bicho correspondente ao ano de nascimento de Teófilo Otoni – quis saber o historiador, acrescentando: 1807.

– É só dizer onde está, que eu vou lá, prendo e arrebento – reforçou, fazendo cara de valentão o guarda municipal.

✓

VOCÊ VIU O CHINÊS POR AÍ? – III

Meus amigos, vocês estão bem? Espero que sim. Comigo tudo bem, mas continuo sem o chinês. A Operação Abrolhos, neste exato momento, se encontra na Pousada das Araras, em Araçuaí, para fazer o quê – adivinhem – descansar, dormir. Porque o dia foi de correria, de estação a estação, para tentar localizar o chinês que, pelo visto, não existe. Vocês concordam comigo? Pois é, percorremos 34 estações e... nada do chinês. Você viu o chinês por aí? Também não? Então estamos quites. Daqui a pouco comento tudo. Mas, se eu pegar no sono, fica para amanhã bem cedinho. Porque meu nome agora não é reportagem, mas cansaço. Eu sou o senhor Cansaço. #Partiucama!

CAPÍTULO XV

Pelo celular, o prefeito Sylvio Ramos informou seu assessor de que, em Caravelas, corriam alguns comentários (boatos ou fake news?) de que o tal chinês teria sido visto na cidade. Mais que isso, ele teria sido visto andando tranquilamente pelo centro histórico da Princesinha do Extremo Sul.

Agora os comentários iam mais longe e davam conta de que, além da 35ª Estação, havia uma informação quentíssima: ela seria instalada na cidade de São Pedro do Fanado. Chegou-se a comentar que seria em Minas Novas, no alto Jequitinhonha, mas o correto é São Pedro do Fanado...

– Sinceramente nem sei onde fica isso. É muito fanatismo desse povo – ironizou o prefeito.

O prefeito estava bem agitado, dava para perceber pelo tom da voz, mas não podia fazer nada, porque seu assessor especial se encontrava em Araçuaí, após ter saído em perseguição ao chinês espertalhão... O oriental nunca arredara o pé de Caravelas, a confiar nos novos relatos. E boatos eram confiáveis? Boa pergunta.

– Confiáveis não são, mas, em política, tudo é

importante, inclusive o tititi que vem da oposição. Não é mesmo? – perguntou o prefeito.

– Se o senhor diz, então... – Deu de ombros o chefe de Gabinete.

Prefeito: "Vamos combinar o seguinte. Vocês saem daí amanhã cedinho, tipo às cinco da matina, e peguem a estrada. Preciso de você aqui o quanto antes. Na volta todo santo ajuda".

Assessor: "Sim, senhor. Mas, paciência, que estamos a 578 quilômetros de distância daí. 574, para ser mais exato. Boa noite".

Essa história de nova estação estava muito estanha, se estava. Se não havia mais estrada de ferro, por que razão todos resolveram acreditar numa loucura daquelas? Todos, inclusive o chefe do Executivo municipal...

Uma boa indagação para o astrólogo, que, conhecedor de astrologia chinesa, poderia elucidar essa e outras questões...

CAPÍTULO XVI

Quando em atividade, a via férrea inspirou quem dela dependia e fazia uso, como os moradores do extremo sul, Vale do Mucuri e nordeste mineiro. As pessoas iam e vinham de uma cidade para outra, de uma ponta à outra da estrada de ferro, nas últimas décadas. Quem usava o trem como meio de transporte e quem usava como meio de subsistência, como os grandes e pequenos produtores rurais, todos eram beneficiados e, pode-se dizer, inspirados pela Maria Fumaça.

Quando o trem parou de funcionar obedecendo à ordem que veio do alto, ou seja, do governo federal, a inspiração cessou – foi subtraída de repente e oficialmente das pessoas, sejam passageiros ou empreendedores que tinham no trem um meio de viabilizar sua existência material. Até as crianças, que se divertiam com a presença da locomotiva, ficaram órfãs daquela maravilha movida a vapor.

Como presença e ausência são potenciais de inspiração, alguns anos depois alguns artistas começaram a se inspirar na saudade provocada pela desativação da estrada de ferro, especialmente cantores e compositores, como Milton Nascimento e Fernando Brant; cantadores e poetas populares, como Tau Brasil e Eros Januzzi; escritores e pesquisadores, como Arysbure Batista Eleutério e Wallace Gomes Moraes.

Em 1975, cerca de dez anos após o fechamento da EFBM, Milton e Fernando compuseram "Ponta de Areia", uma belíssima canção que, em versos líricos e sofridos, rememora o trem e seu legado de tristezas. Sucesso garantido com Elis Regina, Nana Caymmi e o próprio Bituca. Já em 1980, Milton compôs "Último trem", que surgiu como parte da trilha sonora de um balé encomendado pelo Grupo Corpo. Essa canção viria a público somente em 2000, juntamente com o CD "Maria, Maria", também de Milton.

Já a canção "Estrada de Ferro Bahiminas" – de Eros Januzzi e Emílio Guedes – apareceu pela primeira vez no LP "O melhor dos festivais de Minas" no ano de 1984. A cantoria é um retrato cantado e fiel da desgraça provocada pela ausência do trem. Trecho dela serviu de epígrafe para esta obra.

Sem contar, evidentemente, outras manifestações artísticas – como poemas, contos e narrativas orais não codificadas como causos, estórias e lendas; ou aproximadas – como as dezenas de documentários produzidos no decorrer dos anos. A exemplo do longa-metragem "De uma ponta à outra", de Athylla Borborema, de 2021, que acabou motivando esta "Estação 35".

✓

A locomotiva pojixá (pochixá ou poxixá) parou de funcionar de maneira definitiva em 31 de maio de 1966. Era uma terça-feira ímpar nos sentidos numérico e ferroviário que ficaria para sempre gravada na memória de todos.

Durante os 85 anos de atividade, a Maria Fumaça pertenceu inicialmente à Província da Bahia; em 1897 passou a ser propriedade do Estado de Minas Gerais, para, em 1912, passar a ser administrada pelos franceses da Chemins de Fer Federaux de L'Est Brésilien até 1936, quanto voltou a ser uma ferrovia isolada. Em 1965, foi encampada pela V. F. Centro-Oeste e finalmente extinta em 1966 pelo governo militar.

Com o fim das atividades do trem, quem foi não sabia como retornar, e quem iria ou gostaria de partir não teria como fazê-lo. Então, de um dia pro outro, sem aviso prévio, as pessoas ficaram prejudicadas no seu direito de ir e vir.

A primeira reação de algumas pessoas foi de incredulidade diante da constatação de que o trem, a partir dessa data, não mais passaria pela linha férrea de Ponta de Areia a Araçuaí, e vice-versa. Como assim? Ordens superiores.

As cinco estações equipadas de telégrafos já sabiam de antemão que, em breve, a locomotiva pararia de apitar, dando um fim à atividade que havia repetido, incansavelmente, nos últimos 85 anos. Para ser mais exato, eram as estações de Ponta de Areia, Nanuque, Teófilo Otoni, Ladainha e Araçuaí.

Assim, é fácil visualizar a cara de surpresa das pessoas diante da notícia de que o trem não mais passaria por ali, de estação em estação, como havia feito nas últimas oito décadas. Como vou voltar para minha casa? Como vou visitar minha mãe querida em Teófilo Otoni? Como vou escoar minha produção de grãos? Enfim, muitas perguntas, nenhuma resposta.

Simplesmente não puderam mais contar com aquele meio de transporte. Quem foi teria que voltar a pé. Quem iria que fosse a pé ou a cavalo. Porque o único meio de transporte – de passageiros e cargas – havia sido desativado. Para sempre.

CAPÍTULO XVII

Um pouco antes das 6h da matina do dia 2 de março de 2021, os oito membros da força-tarefa se encontraram na sala de refeições do pequeno hotel para fazer o desjejum. Ops! Um olhou pro outro, que devolveu pro próximo, e juntos olharam pros demais e... sentiram a falta do intérprete de mandarim.

– Cadê o Mandrake? – perguntou Edney Santos. – Ele dormiu com quem afinal?

– Com o astrólogo – apontou Felipe.

– Realmente ele dormiu no mesmo quarto que eu, mas em camas separadas. Quando me levantei, ele já tinha saído. Deduzi que tivesse vindo para cá tomar café – explicou o astrólogo.

– Tudo bem, enquanto tomamos o café, ele aparece. E se ele tiver fugido com o chinês? – questionou o chefe de Gabinete, não resistindo à risada. Os demais riram à vontade e, aproveitando-se da ausência do membro silencioso, começaram a soltar piadinhas do tipo: o mágico vem aí; o poliglota já chegou?; alguém viu o Mandrake por aí? Sei não, viu, mas nesse angu tem um...

– Ideograma? – brincou o historiador.

Como eram oito homens, haviam formado quatro duplas e ocupado quatro quartos, todos equipados com os mesmos recursos: duas camas de solteiro, TV, ar-condicionado, wi-fi de graça e um belo quadro de parede com três araras compunham a decoração.

Com exceção do jornalista, que ficou acordado até mais tarde por conta das redes sociais, mas sem atrapalhar o motorista, que – pudera – pegou no sono numa questão de minutos. Todos os demais dormiram longa e tranquilamente.

No caso do intérprete de mandarim, não se pode dizer muita coisa. Quem poderia dar alguma informação útil sobre ele, no caso, o astrólogo, havia caído nos braços do Touro de Metal assim que desabou sobre a cama macia. Se sonhou ou teve pesadelos, não sabe. Não contou para ninguém.

A turma da pesada, ou melhor, da Operação Abrolhos abriu os olhos, olhou pros quatro lados e nada do intérprete... "Que teria acontecido com o fi duma puta?", pensou o assessor do prefeito. Em seguida, pediu ao astrólogo que fosse ao quarto dar uma batida na cama ou nos pertences do Mandrake.

– Vá com ele, Felipe – o assessor pediu que o guarda acompanhasse.

– Só se for agorinha – o guarda levantou-se.

Os dois saíram em direção ao apartamento número 21 que, por coincidência ou não, é o mesmo número do touro no Jogo do Bicho. Isso poderia dizer alguma coisa ou coisa nenhuma.

Enquanto isso, o assessor, o jornalista e o historiador calculavam quantas horas iriam levar de Araçuaí a Caravelas... aproximadamente 8 horas de viagem.

– Se tudo correr bem, vamos almoçar com o prefeito por volta das 14h. Está bom para vocês? – provocou o chefe de Gabinete.

– Para mim está ótimo – disse o jornalista. – Aproveito e gravo uma entrevista com o prefeito.

– Tudo bem, mas sem entrevista, por favor – pediu o assessor, colocando as mãos em forma de súplica.

– Tudo bem, só algumas fotos – rendeu-se o repórter.

Nesse momento, o astrólogo reapareceu acompanhado do policial... fazendo assim com o polegar para baixo... negativo!

– Mas deixou isto – entregou um envelope ao assessor, que não resistiu e soltou um foda!

Dentro do envelope comum de carta havia um papel com um desenho, possivelmente um símbolo chinês, um...

– Ideograma – antecipou-se o astrólogo.

– Como assim? O filho da mãe estava nos acompanhando para, no caso de nos encontrarmos com o oriental, traduzir chinês para português. Foge e ainda por cima deixa uma mensagem cifrada na língua de Confúcio. Como assim? Que significa isso?

– Pelo pouco que sei de mandarim – argumentou o astrólogo –, isso aí é o símbolo do Boi. Isso mesmo, o segundo animal do horóscopo chinês.

– Se você diz, tudo bem, fazer o quê? Na Estrada do Boi, a gente solta esse bicho fujão. Vamos embora, motorista!

Mas o motorista já estava a postos fazia algum tempo. Pronto para dar início à volta dos que partiram para encontrar um chinês e acabaram encontrando um boi... ou melhor, a ideia de um boi!

CAPÍTULO XVIII

COMENTÁRIOS
(VOCÊ VIU O CHINÊS POR AÍ?):

Amigo 1: Cara, aqui em Caravelas não se fala em outra coisa. Pessoalmente não vi o tal, mas muitos amigos meus o viram. Sim, senhor. Foi visto no centro histórico, na Igreja Santo Antônio (será que estava pagando alguma promessa? Fazendo pedido de casamento?). Foi visto também fazendo tour pelo Arquipélago de Abrolhos. Aqui para nós, estou quase acreditando nessa história. Pode crer.

Resposta: Você está dizendo então que o chinês não saiu daí e que a Operação Abrolhos, esse tempo todo, bancou a inocente? Ou pior que isso: fez papel de boba? Só acredito vendo com estes olhos que a terra há de comer: mande foto. Melhor, selfie.

Amigo 2: Que papelão, hein, seu jornalista? Perdeu um dia atrás de um chinês que, na verdade, não existe. Além do mais, usando dinheiro público ou não? Essa Operação Abrolhos é financiada por quem? Me diga! Pelos caravelenses, é claro! Papelão.

Resposta: Numa coisa você tem razão: papelão. Viagem inútil. Operação contraproducente. Que tristeza! Vou chorar. Buá! (risos)

Amigo 3: Aqui em Minas Novas também já se fala no tal chinês. Isso mesmo, sô. Que história é essa de uma nova estação ferroviária? Dê mais detalhes aí, por favor, que estou me interessando por esta história. Ou é piada de mau gosto? Uai. Uma nova estação de ferro? Onde? Quando?

Resposta: Amiguinho mineiro, como você, também gostaria de saber mais sobre tudo isso. Sobre o chinês, a nova estação, enfim, tudinho.

Amiga 1: Eu sou filha de ex-ferroviário e, quando soube dessa história de nova estação, fiquei muito curiosa. Mais que curiosa, fiquei emocionada. Afinal, vão reativar a Estrada de Ferro Bahiminas? Sim ou não?

Resposta: Como eu gostaria de ter as respostas para suas indagações, amiga. Infelizmente não tenho, viu? Por enquanto, estamos tentando localizar o chinês para, a partir dele, obter essas informações. Ajudaí. Vamos localizar o cara.

Amiga 2: E se esse chinês foi aquele da Operação Lava-Jato, disfarçado de empresário, com máscara e álcool em gel, para dar flagrante no bando de ladrões que roubou a velha ferrovia, levando-a à falência? Que você acha dessa teoria?

Resposta: Bela teoria conspiratória, mas o policial da Lava-Jato não era chinês, mas japonês. Ou descendente de japonês. (risos). Daqui a pouco vão dizer que Castelo Branco, lá do outro mundo, tem algo a ver com o tal chinês. (mais risos)

Amigo 4: Que tudo isso não passa de fake news, não tenho nenhuma dúvida. Mas que está ficando cada vez mais interessante, ah, isso está. Dizem até que a mala do chinês está cheinha de... coronavírus. (risos)

Resposta: Mala cheia de coronavírus não. De máscaras pelo menos. Ou repleta de dólares americanos. Ou de dinheiro chinês, o Renminbi, já será bem melhor que o terrível vírus. Não é mesmo?

Por hoje chega. Vou cochilar um pouco porque amanhã, cedinho, estaremos de volta para Caravelas. Vou descansar um pouco que essa história de chinês ainda vai dar muito pano para manga. Sonhem com o chinês. Até breve, pessoal.

CAPÍTULO XIX

A China é logo ali e, na volta, todo santo ajuda. Sem contar que, atualmente, as distâncias foram encurtadas por causa dos meios de transporte e da velocidade das comunicações. Como diria o filósofo Fernão Capelo Gaivota, longe é um lugar que não existe.

Mas São Pedro do Fanado existe, sim, senhor prefeito Sylvio Ramos. Na verdade, o nome completo é: Arraial das Lavras Novas dos Campos de São Pedro do Fanado. A referência a São Pedro é porque a localidade foi fundada exatamente no dia do santo em questão: 29 de junho de 1729 pelo bandeirante paulista Sebastião Leme do Prado. Fanado por conta do rio homônimo...

Em 1730, o arraial se torna a Vila de Nossa Senhora do Bom Sucesso das Minas Novas. Finalmente, em 1840, é elevada à condição de município com o nome de Minas Novas.

Agora se ligue nesta informação, Excelência: São Pedro do Fanado é simplesmente o município de Minas Novas, situado no alto Jequitinhonha, ao lado de Turmalina e Diamantina, tendo sido o maior município mineiro.

A propósito, todos os municípios do Vale do Mucuri pertenceram a Minas Novas, que pertenceu à Capitania de Porto Seguro até 1760. Passou a fazer parte novamente da Capitania de Minas Gerais, mas continuou ligada eclesiasticamente à Diocese de Jacobina/BA até 1853. Portanto, os atuais municípios do nordeste mineiro já pertenceram a Minas Novas, que, por sua vez, pertenceu à Bahia... Daí a ligação fraterna entre Extremo Sul e Vale do Mucuri.

Mas o que se pretende aqui é questionar, mais que afirmar, que o tal chinês poderia ter se dirigido para Minas Novas, onde, segundo comentário do prefeito de Caravelas, seria inaugurada a tão falada 35ª Estação... Seria?

Continuando no terreno fértil da hipótese: e se o chinês veio de trem até Araçuaí e, de lá, partiu de mala e cuia para Minas Novas, para inaugurar a tal estação? Possível, mas improvável.

Se, por outro lado, o chinês e o pessoal da Operação Abrolhos pernoitaram na mesma cidade – e no mesmo hotel –, o encontro entre eles poderia estar mais fácil de acontecer do que imagina a vã consciência de muita gente, inclusive de Vossa Excelência!

Mas isso são trilhos passados e léguas percorridas. Porque a Operação Abrolhos – agora composta de apenas sete membros, segue o caminho de volta para Caravelas. A toda velocidade, já que não terá que passar em revista as estações, uma por uma, como na ida. Se a China é logo ali, Caravelas então é um pulo!

Quinze Jardim, o motorista, não consegue esconder a alegria em conduzir o micro-ônibus, que desenvolve uma velocidade bem acima dos 80 km do dia anterior, 1º de março. Para ele, nessa manhã de 2 de março, tudo é possível de acontecer, com exceção, claro, de o chinês ser localizado. Tudo é velocidade. Tudo é baianeiridade. Nessa Estrada do Boi... passa boi, passa boiada! Café com pão! Manteiga não!

CAPÍTULO XX

NOTA DE ESCLARECIMENTO

A Prefeitura Municipal de Caravelas vem a público informar a todos os cidadãos caravelenses e interessados sobre os boatos referentes à inauguração da 35ª Estação Ferroviária da Estrada de Ferro Bahia/Minas (EFBM) por um senhor apontado como chinês que, na verdade, não existe. Essa desinformação não passa disto: boato, fake news ou invencionice de algum desocupado. Pelas razões seguintes:

A) O tal chinês, que teria dado origem à suposta inauguração, não foi localizado e não se apresentou às autoridades municipais. Logo, ele não existe;

B) A tal estação ferroviária é pura ficção, porque a EFBM foi desativada no ano de 1966 e, portanto, não existe nenhuma estrada de ferro em atividade no município;

C) Os comentários que circulam na cidade e redes sociais insinuando que a prefeitura teria organizado uma força-tarefa para localizar o tal chinês não procedem e, assim, não podem ser levados a sério por nenhum cidadão ou cidadã de bem;

D) A boataria e fake news devem ter partido ou

sido inventadas por algum indivíduo mal-intencionado que, em breve, será identificado e interrogado pela Polícia Civil;

Portanto, Cidadãos e Cidadãs Caravelenses, pedimos que ignorem completamente essa história de chinês e nova estação de trem. Em vez de dar crédito a essas tolices, continuem usando máscaras e álcool em gel; higienizando as mãos e cuidando uns dos outros, mas sem aglomerar. Dias melhores virão para todos e todas. Até uma breve oportunidade.

ASSESSORIA DE COMUNICAÇÃO SOCIAL (ASCOM)

À GUISA DE EPÍLOGO

Nascido no mesmo ano do encerramento das atividades da EFBM (ela parou de funcionar em maio de 1966 e eu nasci em agosto), já vivi o bastante para não depositar todas as fichas na esperança nem, obviamente, prescindir dela de todo. Melhor manter o equilíbrio entre otimismo e pessimismo. Afinal, gato escaldado tem medo de água fria!

Mas, aqui e agora, firmo o seguinte compromisso comigo e com o futuro pós-pandêmico. Com a anuência da esperança (sempre ela) e da utopia (necessária) nestes tempos bicudos. E com o seu testemunho e cumplicidade, caríssimo leitor, pode ser?

Pois bem, prometo que, pelo menos uma vez por ano, tomarei o trem na estação primeira, em Ponta de Areia, tendo como destino a estação derradeira, em Araçuaí. Diretamente do extremo sul da Bahia para o médio Jequitinhonha. Um passeio no Trem da Alegria (sem trocadilho).

Porque, ao contrário de Ramiro Guedes, Arolda Maria Figuerêdo, Domingos Cajueiro, Elizete Tavares,

Ademar Viana de Paula e tantos outros felizardos, eu não tive a felicidade de viajar na locomotiva, carinhosamente batizada de Pochixá, mas o farei assim que for possível. Palavra.

Serão 578 quilômetros de pura emoção passando por vários municípios do extremo sul baiano e nordeste mineiro, estação por estação, partida e chegada, num passeio inesquecível. Vaivém memorável ao som de "Chega de Saudade" e ao sabor dos ventos uivantes.

Mas, afinal de contas, a velha estrada de ferro será um dia reativada? A boa Maria Fumaça renascerá das cinzas feito uma fênix vitoriosa? Os dormentes serão despertados do sono profundo a que foram relegados nos últimos 55 anos? O apito voltará a anunciar a boa-nova conduzida pelos trilhos?

O prefeito Sylvio Ramos acredita que sim; muitos, bem antes de o gestor transformar o retorno da EFBM em bandeira, acreditaram também. Outros morreram acreditando. Porque os homens creem o que querem – disse Júlio César e não Pedro II. Ou simplesmente porque é crível.

Já outros creem – meramente – por ser um absurdo. E há quem precisa ver a Maria Fumaça em funcionamento para crer. São os maquinistas, ou melhor, os realistas.